ワ文庫JA
JA1206〉

グイン・サーガ⑬⑦

廃都の女王

五代ゆう
天狼プロダクション監修

早川書房

7653

THE FALL OF FERAH-LA
by
Yu Godai
under the supervision
of
Tenro Production
2015

カバーイラスト／丹野 忍

目次

本書は書き下ろし作品です。

ふぇらーらハきたいノ一辺地ニシテイト奇ナル地ナリ妖魔ト人ト相接シテ住《スマ》イ交々《コモゴモ》ニ交ワリテ双方《フタツ》ノ血ヲ引ク住民《ジウミン》イト多ク人面ノ鳥牛頭《ギウトウ》ノ人ナド常ニ往来ス我《ワレ》目ニセシハ毛ニ覆ワレタル者竜鱗《リウリン》持チシ者大キナル角アリシ者長キ尾ノ引キズリタル者ナド枚挙スルモクダクダシ而《シカ》シテ其性《ソノサガ》人ニカハラズ穏和ニテ妖魔トイヒシモ此姿《コレスガタ》ノ異ナルノミヲ指スベシ哉然《ヤサ》レドコノ都邑《トイウ》ノ支配タル魔女王《マヂョワウ》りりと・であオノガ魔宮ニ座《イマ》シ極《キハメ》テ残忍淫奔ニシテ享楽ヲ好ミ自儘《ジママ》ニ民ヲ弄ビ怪《アヤシ》キ力ヲ振《フル》ウト也此真《ナリコレマサ》ニ魔都ノ称ノ基《モトイ》ニシテ魔タリ女王《ヂョワウ》タルノ所以《ユエン》ナランカ

（伝）放浪者タレン・ナーの手稿写本　キタイ編補

〔中原拡大図〕

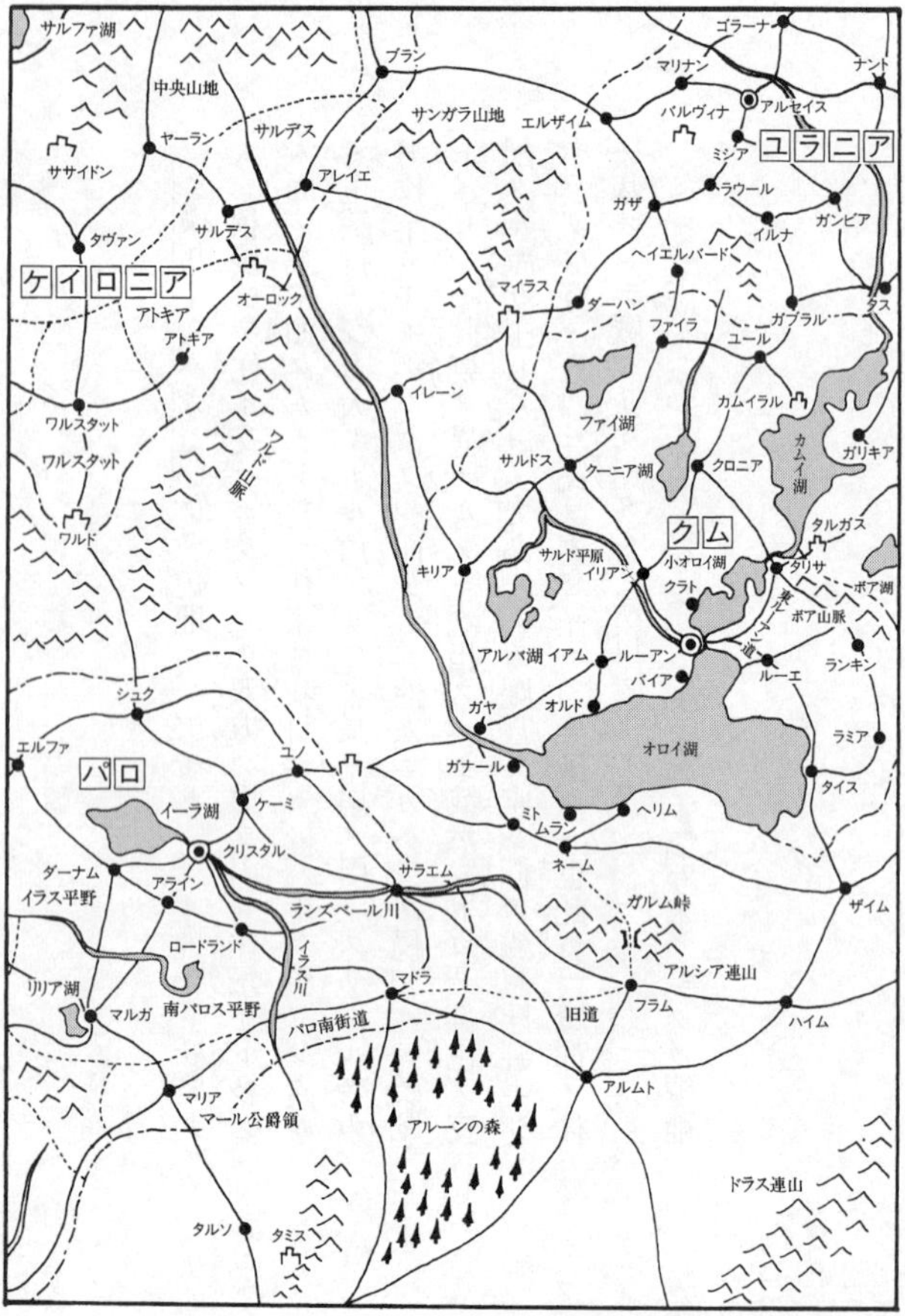

サルファ湖
中央山地
ブラン
ゴラーナ
マリナン
ナント
アルセイス
バルヴィナ
サンガラ山地
エルザイム
ヤーラン
サルデス
ササイドン
ミシア
ユラニア
アレイエ
ラウール
ガザ
ガンビア
イルナ
サルデス
タヴァン
ヘイエルバード
ケイロニア
オーロック
マイラス
タス
アトキア
ダーハン
ガブラル
アトキア
ファイラ
ユール
イレーン
カムイラル
ワルスタット
ファイ湖
ガリキア
ワルスタット
ワルド山脈
カムイ湖
サルドス
クーニア湖
クロニア
ワルド
クム
タルガス
サルド平原
キリア
小オロイ湖
タリサ
イリアン
ボア湖
クラト
東ルーアン道
ボア山脈
アルバ湖
イアム
ルーアン
ランキン
バイア
ルーエ
ガヤ
オルド
シュク
ラミア
エルファ
オロイ湖
ユノ
ガナール
パロ
タイス
イーラ湖
ケーミ
ヘリム
ミト
ムラン
クリスタル
ネーム
ダーナム
サラエム
アライン
ザイム
イラス平野
ランズベール川
ガルム峠
ロードランド
イラス川
アルシア連山
マドラ
リリア湖
マルガ
フラム
南パロス平野
旧道
ハイム
パロ南街道
アルムト
マリア
マール公爵領
アルーンの森
ドラス連山
タルソ
タミス

〔パロ周辺図〕

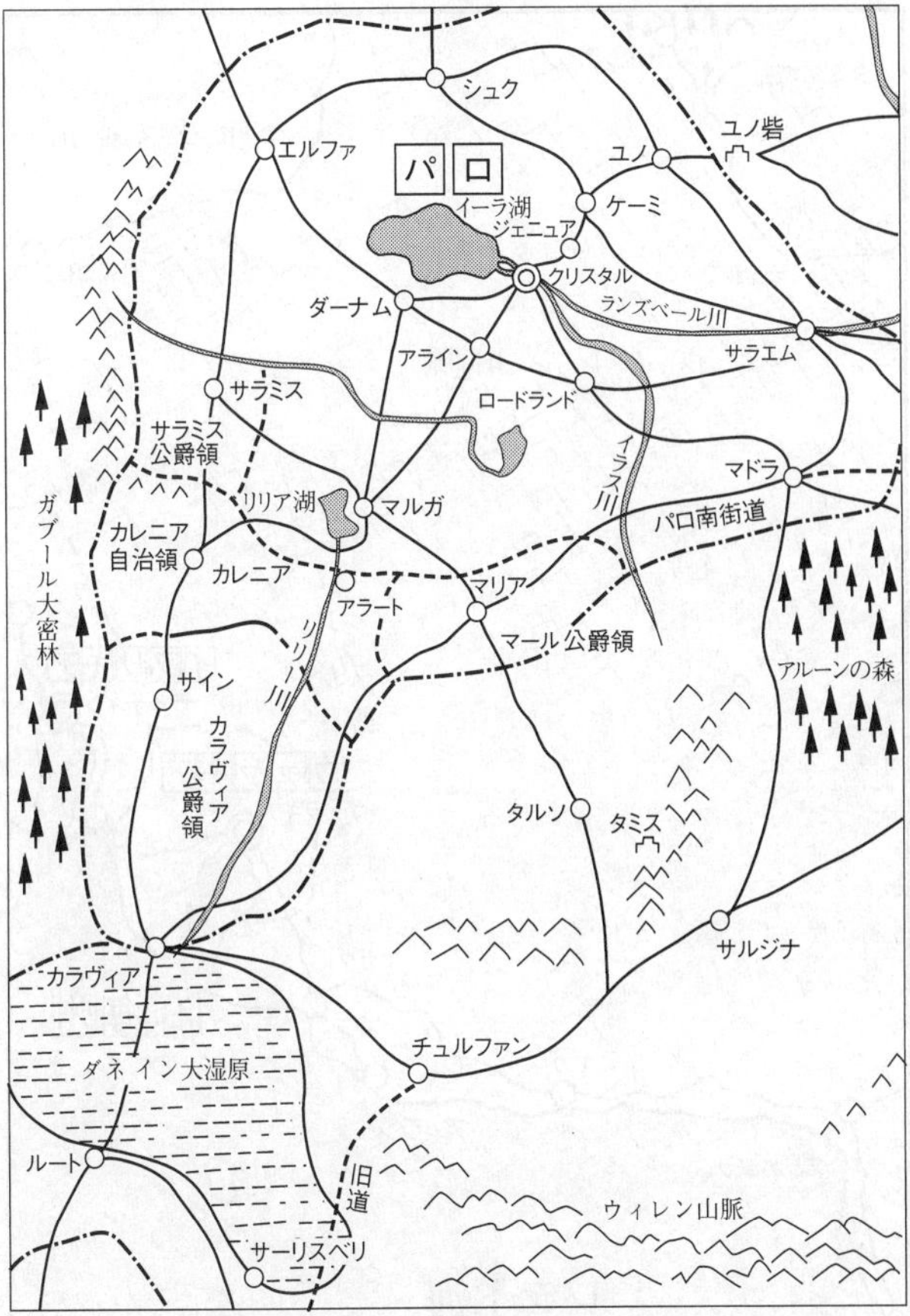
パロ
シュク
エルファ
ユノ砦
ユノ
ケーミ
イーラ湖
ジェニュア
クリスタル
ダーナム
ランズベール川
サラエム
アライン
ロードランド
サラミス
サラミス
公爵領
イラス川
マドラ
リリア湖
マルガ
パロ南街道
ガブール大密林
カレニア
自治領
カレニア
アラート
マリア
リリア川
マール公爵領
アルーンの森
サイン
カラヴィア
公爵領
タルソ
タミス
サルジナ
カラヴィア
チュルファン
ダネイン大湿原
ルート
旧道
ウィレン山脈
サーリスベリ

〔草原地方 - 沿海州〕

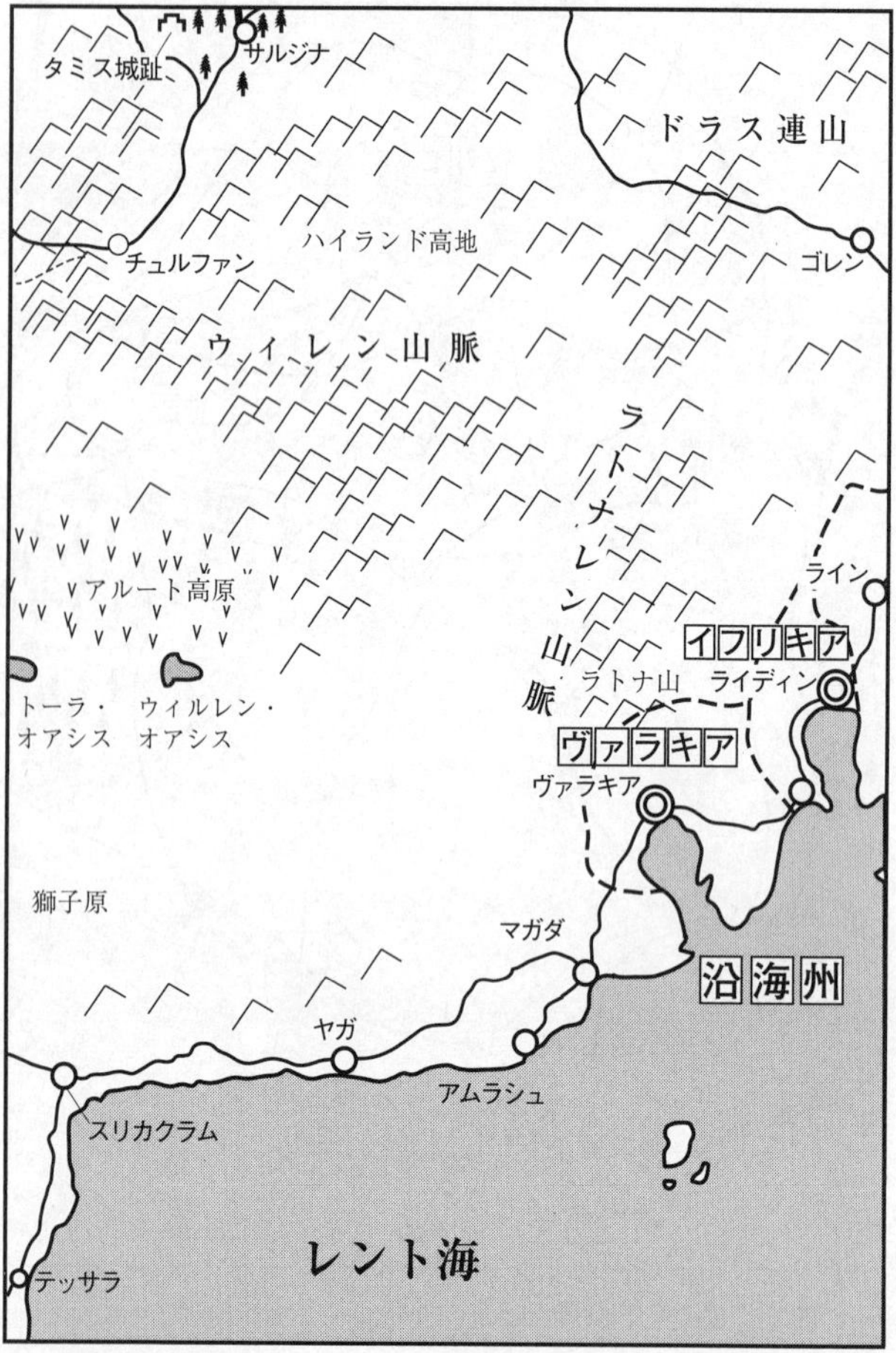
サルジナ
タミス城趾
ドラス連山
ハイランド高地
チュルファン
ゴレン
ウィレン山脈
ラトナレン山脈
アルート高原
ライン
イフリキア
ラトナ山
ライディン
トーラ・
オアシス
ウィルレン・
オアシス
ヴァラキア
ヴァラキア
獅子原
マガダ
沿海州
ヤガ
アムラシュ
スリカクラム
レント海
テッサラ

廃都の女王

登場人物

ヴァレリウス………………パロの宰相
リギア………………………聖騎士伯
マリウス……………………吟遊詩人
アッシャ……………………パロの少女
スカール……………………アルゴスの黒太子
スーティ……………………フロリーの息子
ブラン………………………ドライドン騎士団副団長
ソラ・ウィン………………ミロク教の僧侶
ザザ…………………………黄昏の国の女王
ウーラ………………………ノスフェラスの狼王
リリト・デア………………フェラーラの魔女王
ナディーン…………………アウラ・シャーの巫女
リアーヌ……………………妖魔。リリト・デアの小姓
アウラ・シャー……………暁の女神。アウラ・カーの妹

第一話　廃都フェラーラ

1

一歩境界を越えるが早いか、スカールの背筋に震えが走った。前と違って不吉なものではなかった。亡霊どもの住む国の冷気は不快な臭気のごとく引いてゆき、うらめしげな泣き声を猫の掻き傷のように鼓膜に残したばかり。

それもすぐに消えた。マントの下の幼子をしっかり抱きしめ、再び馬の姿に戻ったウーラの腹をしっかり挟みつけて最後の一歩を乗り越える。耳障りなすすり泣きが最後に耳たぶを引っ張ったが、外界の空気の雨に洗われたすがすがしさに、蜘蛛の糸のように吹き払われた。降り注ぐ光の眩しさに、スカールは痛む目を腕で覆った。

「ここはどこだ？　どのあたりだ」

あたりはすでに朝だった。亡霊の国から逃れでた今、時間の流れは正常に戻り、ひとときスカールたちを忘れていたことをわびるかのように大急ぎで朝日を昇らせていた。

木々は見慣れぬ異国の風情で、足もとの草花にも似たようでどこか差のある色合い形をしている。だが、それでも虚空からのびる死者のぐにゃぐにゃした腕に比べれば何倍もよい。

雨が降ったばかりと見えて、手のような形をした五弁の楓や長い針めいた葉を密生させた黒松にも、みな宝石の網をかけたように虹色の露がきらめいていた。清涼な朝の空気に、水の匂いがここちよい。赤い街道は変わらずやはり足もとにあったが、古血めいた赤黒さは失せて、ただ風雨にさらされた煉瓦のあせた赤茶色が、平和に起伏する大地を続いている。

見るかぎり人家はなく、ゆるく起伏する山野と緑の森林、草地が続いているのは黄昏の国と同様の風景だが、こちらにはあきらかに正常な時の流れがあった。木々は翡翠《ひすい》の濃緑、空は澄んだ海玉石《アクアマリン》の青、松の香りを含んだ朝風が下草をさやさやと鳴らしている。

「キタイの国境からほんの少し内側へ入ったあたりだよ」

あたりを飛び回ってきたザザがバサバサと翼を鳴らしながらスカールの肩にとまった。彼女の漆黒の羽も露にしっとりと濡れ、水と空気の清浄な香りがした。それでもいらいらと翼をつつく。

「おおいやだ、まだあの死人どもの臭いが鼻から抜けやしない。もとのフェラーラが栄えていたころは、ここらにもう街道街があって、宿屋や村も見つけられたんだけどね。

フェラーラが滅んでからは、あっというまに人が消えちまった。逃げ出したのか、さらわれたのか、殺されたのか、とにかく、残ってるのはもうほんの一握り、アウラ・シャーをいまだに奉じてるほんの少しの信者たちと、死にかけてる魔女王を見捨てることもできなかったいくじなしの忠義者ばかりさ」

あの連中に忠義なんて言葉が理解できてればだけどね、と馬鹿にしたようにつけ加えた。

「さあ、それほど見下したものでもあるまい」

スカールは頬にあたる太陽の光と清涼な空気のさわやかさに生き返ったような心地を味わいつつ、

「その魔女王というのがどういう者であれ、力をなくしたあとも身のそばを離れぬ者がいたのであればそれなりに慕われる支配者ではあったのだろうし、なんといっても魔都と呼ばれた古い土地を長年にわたって治めてきた女王であるのだ。フェラーラは魔族と人の接する都市とお前は言ったが、ザザよ、であれば魔女王にも情を解する心があるのであろうよ」

ばからしい、と言いたげにザザは口をあいて「カー」と一声鳴き、また苛ついたように翼の付け根をつついた。

「あんたは知らないからそんな暢気《のんき》なことを言うんだろうけどね、鷹。あたしが前に王様と来た時はそりゃ酷い性悪だったよ、あのリリト・デアって女は。気に入りのお小姓が人間の小娘に惚れたってんで、えらい悋気《りんき》を起こしてかわいそうなお小姓を皮がひん剝けるまで鞭打ったりしてね。娘の方は竜王のいけにえにシーアンへ送るなんて決めちまうし。まあ、それも結局アーナーダが逃げ出した騒ぎのおかげでうやむやになっちまったけど。そういや、あの子兎みたいな綺麗なお小姓と娘、どうしてるのかねえ。あたしたちと王様はそのあとむりやりバラバラにされて、グラチウスの爺さんにホータンへ送られちまったから、そのあとどうなったのかよくわからないのさ。フェラーラが滅んじまったところを見ると、ひょっとしてあの二人もそのまま巻き込まれちまったのかねえ」

「無情なことを言うものではないぞ。お前は黄昏の空を飛ぶものだろう、一度くらいは様子を見に来てやろうとは思わなかったのか」

「はん、あたしゃこれでも忙しいのさ」

ザザは鴉の姿で器用に鼻を鳴らした。

「王様のことならともかく、滅んじまった都と死にかけた魔女の様子なんぞ見に、羽半分だって動かす気はないね。あのあとは王様の跡を探して追いかけるのに必死で、そんなことに気なんて使っちゃいられなかったし。まあでも、あの二人がもし死んじまってたとしたらそりゃあ、あんまり気味のいいもんじゃないけどさ」

とやはり根は気のいいものらしくつけ加えた。馬の姿のウーラが同意するように狼のうなり声を低くもらす。

その声に刺激されたように、スカールの腹にしっかり押しつけられていたスーティが身じろぎし、きつくしめつけているスカールの腕から背伸びして、びっくりしたようにあたりを見回した。

「おう、スーティ、もう目を開けても大丈夫だぞ」

あわてて腕をゆるめてやりながらスカールは言った。〈非人境《ノーマンズランド》〉から完全に出るまでの短い間さえ危うい気がして、スーティにはきつく目を閉じてしっかり腰に手を回しているように言ってあったのだ。

「そら、もう普通の人間の世界に出た。お前には珍しい場所だろうな、俺もこんなところまでは初めて来た。腹は減っておらんか？」

「おなか、へってない」

スーティは鞍にきちんと座り直してスカールに背を預け、泡のようなあくびをした。

「ねむい」

「ほう、たいした豪傑だな。眠っていたのか」

スカールは感心して目を丸くし、くしゃくしゃのスーティの髪をかきまわしてさらにくしゃくしゃにした。

「ならもう少し寝ているといい。よさそうな場所が見つかったら、止まって朝餉《あさげ》としよう。あのいまいましい場所の臭いがすっかり失せたら、すぐにな。ほら、おいちゃんにもっともたれていろ」

「うん」

スーティはうなずき、深くスカールの腕によりかかると目を閉じて、すぐにすうすうと寝息を立てはじめた。ザザがすべるように宙を飛んで鞍前にとまり、眠るスーティをまじまじとのぞき込む。

「肝の太い子だねえ」

さすがに黄昏の国の女王も、死者の妄念に取り巻かれてさんざん怖い目にあったあとでいささか感じるところはあったらしい。ふっくらした頬に睫毛《まつげ》をおろし、親指をくわえてすやすやと寝入っているスーティを、いたわるようにそっと嘴《くちばし》でさする。

「おふくろさんの幻まで見せられて、さぞかし怖い思いもやるせない思いもしたろうに。あんたの前で名前を出すのもなんだけど、鷹、やっぱりイシュトヴァーンの息子だねえ。この年で、まったく堂々としたもんじゃないか。あたしゃちょいと感心したよ」

「俺もそう思う」

スカールは素直にうなずいた。彼とても亡き妻リー・ファの魂をまざまざと眼前に見て、今もまだ胸のざわめきを抑えられずにいたのだ。

亡霊や怨霊ごときの脅しに屈するようなスカールではないが、亡魂たちのまどわしが見せたリー・ファの似姿、そして、そのまどわしを打ち破って現れた本当のリー・ファの輝く騎馬姿はまだ瞼の裏に焼きついている。

ともに馬をならべて草原を駆けた日々と変わらぬその姿、その微笑、弓を構えてたちまち敵をなぎ払う凛然とした戦さぶり。あの日の言葉を守って夫の危機を救いにモスの草原からはるばると駆けてきてくれたのかと思うと、まだ目の奥が熱くなる。

（リー・ファよ、お前に恥ずかしい姿はもはや見せるまい）

心の奥でスカールは呟いた。死んだも同然の肉体を二重の魔道でむりやり動かしている半死人の自分ではあるが、リー・ファが天の草原から見守っているのだと思えば無様な姿は見せられぬ。

幼いスーティに夫の身を守ってやってくれと頼んでいったその心中を思えば、半死人であろうが魔道の生ける死体であろうが、いかなる場所であろうと運命の導くさきで、草原の男として誇りある選択をするのみだ。

迷うまい。振り向くまい。リー・ファとともに、モスの草原をまた馬を並べて駆けるその時までは、けっして。

さらに半刻《ザン》ほど赤い街道にそって進んだところで、ザザが木陰に泉のわいているのを見つけた。陽もだいぶん高くなっている。ちょうどよい頃合いだということで、街道を降り、木陰の草地に陣取って朝飼の時間となった。

まだ眠っているスーティを抱いて馬をおりると、その場でくるりと馬が宙返りする。目をこすりながらスカールの腕で頭をあげたスーティが、目を輝かせて「わんわん！」と叫んだ。巨大な銀狼の姿に戻ったウーラは挨拶するように一声吠えると、さっと身をひるがえして、木立の中へ駆け去っていった。

「ウーラも自分の朝食を取りに行ったのさね。あと、物見にね」

銀狼が行ってしまってつまらなそうなスーティに、ザザがなだめるように声をかける。

「あのいまいましい場所はもう遠く離れたけど、はずれとはいえキタイの国境は越えてるし、フェラーラの都だったあたりもすぐ近くだ。はぐれた魔物や獣がどこにひそんでるか、わかったものじゃないからね」

「お前の話ではフェラーラの魔物はたいした魔力も持っていない、ということだったが、鴉」

「魔力は持ってなくても武器を持ってたり、単に力が強くて乱暴な奴がいたりするのはどこでもいっしょさ。頭を押さえてた魔女王が死にかけてて、自棄《やけ》になってるやつがうろついてたらことだしね。待っといで、坊や、ザザが何か木の実でも探してきてあげよう。こんなちっちゃい子に堅パンと水でがまんしろってのは酷だよ」

2

涼やかに流れる清水のわきで朝食をしたためた。ザザが一山の野葡萄と野生種の小粒な林檎を運んできて、スーティを喜ばせた。しばらくしてウーラも狩りから戻り、彼なりに腹を満たしてきたらしく、満足げに口のあたりを舐めている。

「どうやら周りに危険はないみたいだよ」

ウーラと声なく交信を交わしたザザが言った。

「あともう一半刻《ザン》も行けば、フェラーラの生き残りたちが身を隠してるあたりに行きつけるそうだ。フェラーラそのものの都跡にはまだもうちょっとかかるけどね。リリト・デアは近い方の隠れ家にいるから、先にそちらに会いに行くかい。ウーラが近くまで行って窺ってきたそうだけど、前にいた赤鬼部隊や侍女侍従なんかもほとんど散り散りになっちまって、ごく弱いやつらしか残っていないそうだから、危険はないと思うよ。リリト・デア本人が思わぬ力を隠し持っていない限りはね」

「だが、リリト・デアは俺に会いたがっているのだろうが」

「会いたがっていると言うとちょっと違うんだけど」

　ザザは多少口ごもり、

「ただ、鷹、あんたに与えられた運命の鍵としての役割があの魔女王に会うことを指示していて、おそらく、あんたの抱えてる謎のいくらかもそこで解かれることは確実だよ。女神アウラ・シャーの存在もある。ノスフェラスであんたが見た星船の秘密を何か解き明かしてくれるかもしれない。あの猫頭の女神も、星船に乗って天空から地上に降りてきたって言われてるんだ」

「本当か、それは」

　スカールは勢い込んだ。

「星船か。グル・ヌーで見せられたようなものが他にもあって、それに実際乗っていた者と接触できるかもしれんのか。運命の鍵——そういう呼び方をされるのは今一つ気にくわんが、それが俺の内で渦巻いている謎を解く手がかりになるのなら是非アウラ・シャーとやらには会ってみたいな。

　しかし、魔女王自身が俺に会いたがっているわけではない、とでも言いたげな口振りだが、鴉、それはどういうことなのだ。お前は俺とスーティを隠れ家から連れ出すとき、俺を待っている者たちがいると熱心に告げたはずだが」

「待っているんだよ。魔女王もね。あの女だって妖魔の一人、魔都フェラーラを治める最後の女王なんだもの」

　ザザは悲しげに頭を振った。

「リリト・デア自身はけっして認めやしないし、口にも出さないだろうけどね。でもあの魔女王も、自分の生の終わりがすぐそこまで来ていることはわかってて、それでもまだフェラーラの王族の誇りのかけらを心の底に秘めている。自分の王国と国民を滅ぼした竜王に一矢《いっし》報いたいと思うのは、人間でも妖魔でもいっしょだよ。生命の終わりのひとかけらで、鷹、女王はあんたに竜王への復讐の一片を手渡すだろう。それがどんな形なのかはあたしにもわからない。リリト・デアにもわかっちゃいない。

けど、北の豹グインと南の鷹スカール、あんたたちを結ぶ絆の一本があそこにある、それがあたしの予見だよ。いや、予見なんて偉そうなもんじゃないか、あたしたち妖魔の時と空間を渡る知覚力、ヤーンの糸とあんたたちが呼ぶものが徐々に渦巻いてきて、あんたたちを徐々にからめ込んでいるって感じかな。

　それはいずれ形をとってあんたの手に落ちる。約束された三つの石、ユーライカの瑠《る》璃《り》、オーランディアの碧玉《へきぎょく》、ミラルカの琥珀《こはく》。〈ルーエの三姉妹〉。末娘の瑠璃はすでに王様の手に入った。でもそれは正しい形じゃない。あんたは歪んだ流れを修正するために、鍵としてフェラーラという土地そのものに待たれているんだよ」

「何を言っているのかさっぱりわからん」

ふてくされてスカールは冷たい泉の水を飲み、髭をぬぐった。

「まあいい。とにかく、魔女王リリト・デアとその眷属《けんぞく》に会いに行こう。そのためにあのいまいましい土地を越えてきたのだからな。アウラ・シャーの神殿にも、是非詣でたい。アウラという名には、どうにも、俺の記憶を刺激する何かがある」

幼いスーティは大人たちの話には関心を払わず、目の前に積みあげられた野葡萄を指先と口を紫にしてかぶりつくのに夢中だ。背中側には腹のくちくなったウーラがのんびりと寝そべり、毛づくろいをしながら、贅沢な寝椅子よろしく幼子の小さい背中を支えてやっている。

太陽が中天に近くなったころ、ウーラは再び馬に姿を変え、スカールとスーティは馬上の人となった。

もはや赤い街道には戻らず、先導するザザのあとをついて、木立のあいだを抜けていった。茂った草や低い灌木を押し分けて進むうちに、獣道めいた細い道が幾筋か走っているのが見えてきた。スカールの狩人としても鍛えられた目には、そこここの木々に角をこすりつけた跡、蹄《ひづめ》が何度も草を踏みしだいた跡、裸足の何者かがさまざまな重みと姿をもって行き来したあとをまざまざと見てとることができた。

「そら、あそこだよ。見えてきた」

少し飛んでは木々にとまって道案内をつとめていたザザが、枝の上から嘴で木立のむこうを指し示した。

「昔の神殿の跡だよ。アウラ・シャージャなくて、アクメット神のだけどね。あれの奥にリリト・デアと、残った廷臣たちが隠れ棲んでるんだ」

馬のウーラを進めながら、スカールは目を細めた。

重なり合った木々の幹の間に見えてきたのは、風雪に傷めつけられ、ほとんど崩れはてた石造りの神殿の残骸だった。かろうじて内陣への道らしい迫持《せりもち》と神の姿を刻んだ石柱が幾本か残っているが、ほとんどはなかばから折れるか、崩れてあたりの草の中に苔むしている。

さらに近づくと、腐朽の影はいよいよ濃く、こんなところに身を隠している者がいるとは信じがたいほどだった。隙間の空いた石組みのあいだからは蔦が繁茂して野放図《のほうず》に版図を広げており、壁にかすかに残った彩色壁画や人身供儀《じんしんくぎ》を表しているらしい薄肉彫りをすっかり隠してしまっている。人頭の蛇の絡まりあう迫持飾りは剝落してわずかにのっぺりとした人面と尾の一部を残すばかり。馬のウーラがまるで狼のように――実際狼でもあるのだが――蹄の音をひそめてそばをゆきすぎると、傾いた石柱に残った鰐《わに》の頭に人身を持った半獣神が、白くめしいた目を陰らせて、闖入者《ちんにゅうしゃ》を窺うかのようだった。

「これがアクメット神か」

どこかで仕事に忙しい蜂がたてている羽音以外、こそりとの音もしない。静けさに思

わずスカールが声を低めると、ザザもつられて声を低め、

「そう、アクメット神さ」と答えた。

「それであっちの壁画に残ってる人面の蛇がアーナーダだよ。アクメット神がこの地にいた間はこの神殿も栄えてたんだけど、アーナーダを残してアクメット神がどこかへ行ってしまったあとは、アーナーダのほうに気が移っちまって、こっちの神殿は寂《さび》れちまったのさ。昔はずいぶんと大した建物じゃああったんだけどねえ」

「大したものであるかどうかは知らんが、俺の好みではないな」

人間の腹を割いて臓物を取り出していることが窺える壁画の前を通りすぎながら、スカールは鼻にしわを寄せた。

「アーナーダというのか、その人頭の蛇の使わしめとやらも、人を食っていたようではないか。さっき見えた浮き彫りに、人を丸飲みしている人面の大蛇が残っていたぞ」

「アクメットが言い残していったのさ、アーナーダに年に二回、生きた人間の生け贄を与えよって」

どうでもよさそうにザザは言った。神殿の域に入ってからは立木が減ってきたので、鞍の前輪《まえわ》にとまって黒い目をきょろつかせている。

「守り神であるアーナーダが生きてる間はフェラーラは安泰、アーナーダが死ねばフェラーラも死ぬ――そう言い残して、代々の王や民は律儀にそれを守ってたんだけどね。

結局、なんにでも寿命はあったってことなのさ、神の使わしめであろうと、都市であろうとね」

もとの神殿の区域の、どうやら前庭を中程まで進んできたようだった。

ここまで来ると草原の間にわずかに崩れ残った石畳が見え、左右に立ち並ぶ石柱に刻まれたアクメット神も、いささか力を取り戻してきた感があった。長く突き出た口にずらりと並んだ牙、分厚い胸の前にたくましい腕を交差させた人獣神は、扁平《へんぺい》な頭につけた宝冠から長い付け髪か飾り房を垂らし、瞳のない石の目でスカールたちを値踏みするかに思えた。

生命のない凝視をスカールがにらみ返し、前に乗せたスーティを抱く手にいっそう力を入れなおした時、

「そこの者、止まれ！」

腹の底の震えるような恫喝《どうかつ》が響きわたった。

スカールが止めるまでもなくウーラはぴたりと止まり、馬の口から白い歯をむき出して、威嚇の表情で狼の唸り声をたてた。姿の見えない相手は狼の声を出す馬に驚いたようで、しばらく沈黙した。

「何者だ？　ここはアクメット神の神域だ。よそものの入ることはまかりならんぞ」

ややあって気を取り直したのか、尊大な調子を装って相手は続けた。しかしスカール

はその底に強い怯《おび》えと警戒心とをすでに聞き取っていた。

「俺はアルゴスのスカール。かつては黒太子と呼ばれたこともある。草原の鷹と呼ばれることも」

鐙《あぶみ》をふんで伸び上がり、スカールは声を張った。

「黄昏の国の女王、大鴉ザザに導かれてまかり越した。フェラーラの魔女王、リリト・デア陛下はこちらか。お会いしたいと伝えてもらいたい。こちらに害意はない。見ての通りこちらは、幼子連れの男ひとりだ」

「うざったいうすらとんかちだねえ、今さら格式張ったってなんの得もありゃしないだろうにさ」

ザザがうんざりしたように嘴をカタカタ鳴らした。

「おおかた赤衣隊の生き残りかなんかだろうけど、このあたしの顔を見忘れたかい。前に王様とここへ来たときのこと、あたしは忘れちゃいないからね。あの時の子兎と娘っ子はどうしたんだい、元気にしてるのかい。とにかく、もったいぶらずに早いとこあの魔女にお会わせな、この人間はキタイの竜王とは何の関係もない、むしろその敵だ。この黄昏の国の女王が保証してあげるよ」

ためらうような長い沈黙があった。遠くで鳴き鳥が澄んだ声の尾をひいて水晶の空にかけあがった。

「通れ」

押し殺した声がいい、それまで石の壁でしかなかったところが、きしんで重々しく横にすべった。スカールがやっと立って通れるほどの幅のせまい小さな入り口がそこに開いていた。ザザがけちくさい、と言いたげにカーと鳴いた。

「スーティ、怖いか。怖くなったらすぐおいちゃんにくっつけ。何者にも、お前に手出しはさせんからな」

「スーティこわくない」

幼児は威厳をもって断言し、おろされるより先に鞍から飛び降りて石畳に両足をふんまえた。スカールは慎重に鞍から降りた。二人が離れると同時に、ウーラはその場で狼の姿に戻った。

スカールが手を伸ばすと、スーティは自分こそがスカールを導き守るのだとの気概を見せてさっと手を握った。だがやはり、小さい手指はかすかに震えていて、まったく平静なスーティの顔を見ながら、スカールはこの剛胆な子供に対する驚きを新たにした。

開かれた戸口の内部には闇しか見えない。スカールはスーティの手を握って猫のような足取りで中へ入った。ザザはスカールの肩にとまって睨《にら》みをきかし、背中には剣呑《けんのん》な雰囲気をただよわせた狼のウーラがひたひたと続く。全員が入ってしまうと、後ろでまた壁が砂のこすれる厭な音を立ててあわただしく閉まった。

「おお、ザザ様！　ウーラ様！」

「黄昏の国の女王、まあ、ようこそご無事で。狼王も、ご健勝でいらっしゃいましたか」

　暗がりの中からふいに声がかかった。

　スカールは思わず身構えかけたが、声はどちらも若く、友好的で、ザザやウーラに会えたことを純粋に喜んでいるらしかったので、緊張を解いた。若い女らしい声が続けて、

「お待ちください、今、明かりをおつけいたします。グイン様はどうなされたのですか？　あのあと、皆様がお姿をお隠しになって、その上アーナーダがどこにもいなくなっているのが見つかって、フェラーラはもの凄い恐慌に陥りましたのよ」

「ああ、そのことについちゃ、いろいろあってね」

　暖かい橙《だいだい》色の松明《たいまつ》が光の輪を広げた。扉の内側はちょっとした広場になっていて、踏み固められた土の床にいくつかの荷物の梱《こうり》や樽が積み上げられていた。こそこそと逃げていく者の後ろ姿がちらりと見えたが、それは恐ろしく広い肩幅と太い腕を持ち、もじゃもじゃの髪から、どうやら曲がった角が二本、突き出ているようだった。

　眩《まぶ》しげに瞬きながら、ザザはいささか懐かしそうに相手を見やった。

「あんたたちも無事で何よりだ、ナディーン、それから、リアーヌだったかね。あんたも、どうやらシーアンにもやられずにすんだようだね」

「はい」

立っているのは、東方風の繊細な顔立ちをした、なかなかの美女だった。黒い髪を肩までにきちんと切りそろえ、胸の前で両手を組んでいる。髪も結わず、装身具や化粧のひとつもなく、身につけているのは足首まで届く裾の長い白麻の上着とゆったりした下袴だけだったが、若さと内部からあふれ出る幸福が、闇の中でも彼女をより輝かせていた。

壁際ではもう一人、こちらはいかにもフェラーラ風と言おうか、まことに奇妙な、しかし美しいといえなくもない者が、松明をもう一本壁に挿していた。全身を純白のこまかな和毛《にこげ》に覆われ、腰にまいた短い革衣の下からは、同じく白い毛房に包まれた細い尻尾が揺れている。

「おかげさまで、わたくしもナディーンも、フェラーラ崩壊にも飲み込まれず、ここでリリト・デア女王を看取っております」

振り向くと、その異形はますます顕著だった。声こそ若い男――どちらかといえば男、という、妙に非人間的な響きを帯びてはいたが、その顔はほっそりととがって長く、性別をあまり感じさせない。両耳はぴんと立ってこちらも長く、体と同じく真っ白な毛に覆われている。真紅の両目に光彩はなく、銀色の髪がたてがみのように逆立って、松明の明かりに靄《もや》のように光っている。細い鼻やうすい唇までも白い毛に覆われているので、大きな雪兎が人型をとって立ち上がったとでもいうような風体だった。

「そりゃまた、ずいぶんと親切な話だね、リアーヌ」

少しばかり意地悪そうにザザは嘴をカタカタ鳴らした。

「確か前に最後に見たときのあんたは、赤衣隊の赤鬼どもにひっつかまれて魔女宮へ引きずられていくとこだったけど、どんな目にあったにせよ、ずいぶんな扱いを受けたに違いなかろうに。それでも死にかけた女王を見放さずにそばについてるなんて、お優しいこったねえ」

「ナディーンがこの地を離れたくないと申しますし」

白い毛に覆われていてわからなかったが、雪兎のような妖魔の若者はほんのりと顔を赤らめたようだった。

「それに、いかに酷い仕打ちを受けたとしても、一度はご寵愛を受けた身です。あそこまでお弱りになったお方を見捨てて逃げ出せるほど、わたくしも情ごわくはできておりません」

「あんなこと言ってるよ。ほんとは大事な嫁御寮《よめごりょう》がここを離れないからいるだけのくせにさ」

悪口をたたきながらも、ザザは幸せそうな二人の姿に満足げだった。

「それじゃ、あんたたち、めでたくくっついたんだね？」

「はい」

ナディーンが答え、嬉しげに白い妖魔の若者に寄り添って手を絡ませた。妖魔のリアーヌも応じて愛しげに娘の髪に口を寄せ、それはまことに、種族こそ違え幸せな恋人たちを絵に描いたような姿だった。

「おお、お熱いこと」

ザザは翼で頭を扇ぐように片方の羽をぱたぱた動かした。

「それじゃあのお堅い父上はどうしたんだね？　フェラーラがなくなって、アウラ神殿もさだめし壊されちまったんだろう。意地を張っても仕方がないと観念して、娘を嫁にやったかい」

「父は亡くなりました。半年前に」

悲しげにナディーンは呟いた。リアーヌが励ますようにそっと肩をなでる。

「もう一年ほども前のことになりましょうか。混乱いまだおさまらぬフェラーラに、かの竜王の軍勢が、とつぜん洪水のごとく流れ込んできたのでございます」

細い手がその時の恐怖を示すかのように強く握りあわされる。

「当然のように、あらゆるものが壊され、焼かれ、言うも恐ろしいやり方で打ち殺されました。父は生き残ったわずかな者とわたくしども、そしてリリト女王をアウラ神殿の奥、長い間使われたこともなかったこのアクメット神殿への抜け道へと導いて、扉を封じました。それからは生き残った民はみな、ずっとここに身を隠しております。父もしばらくはここで暮らしておりましたが、やはり神官長として、アウラ神殿が破壊されたことに耐えられなかったのでしょう。日々弱ってゆき、ある朝、寝台で冷たくなっているのが見いだされました。わたくしはいまだ、喪に服している身でございます」

「はあん、それでその衣装と、髪なんだね。前に見たときのあんたは、もうちょっとしゃれた格好をしていたからね」

心得顔にザザは頷いてみせた。

「それじゃせっかく嬉しい花嫁になっても、いっち楽しいお床入りはまだってとこかね？　そら、赤くなった、これだから生娘ってものは。そっちの雪兎まで赤くなってるんじゃないよ、ええ、まったく見せつけてくれるじゃないか、これだからお熱い仲ってものはね！」

若い恋人たちはますますいたたまれぬ風情で頬を染めてお互いに身を寄せ合った。

「いい加減にせぬか、ザザ」

いつまでたっても終わらぬらしいおしゃべりに、とうとうスカールは口をはさんだ。

「お前はグインとの旅で二人に会っているのか知らんが、俺は彼らとは初対面だぞ。紹介の労をとるのはお前の役目だろうが」

「貴方様のことは存じ上げております、スカール様。アルゴスの黒太子、草原の鷹、北の豹たるグイン王と対星《ついぼし》であられるお方」

　ナディーンがリアーヌから身を離し、布の舞い落ちるような優雅な仕草で床に膝をついて巫女の礼をとった。

「貴方様がいらっしゃることは、数日前からわたくしの占いにも現れておりました。すぐに扉を開けてお通しするように門番にも告げたのですが、お許しくださいませ、みな竜王の追討軍を恐れて極端に用心深くなっているのです。ご無礼を働きましたこと、幾重にもお詫び申し上げます」

「黒太子様にあらためてご挨拶申し上げます。わたくしは妖魔のリアーヌと申します」

　白い雪兎のような妖魔の若者もナディーンに続いて跪《ひざまず》いた。

「以前は魔女王リリト・デアの小姓として仕えておりましたとるにたらぬ若輩。そしてこちらはナディーン、女神アウラ・シャーの巫女を務める者で、祭祀長アーミスの娘でございます」

「そうして、あんたのかわいい恋女房ってのが抜けてるよ、兎っこ」

　ザザがからかうように付け足し、若い二人はそろってまた頬を赤らめた。

「もうそのくらいにしてやれ、ザザ」

　彼らがあまりに恥ずかしげに初々しく見えたのでスカールは見かねて止め、頭を垂れる二人を助けて立ち上がらせた。

「堅い挨拶はなしにしてくれ。俺はもう黒太子と呼ばれる身分でもない、一介のさすらい人にすぎぬ身だ。ここに来たのも、この黄昏の国の女王を名乗るうるさい鴉に導かれてのことだ」

うるさい、の一言にザザが不服そうにカーと鳴いた。

「俺は草原をいでて、ノスフェラスの中心グル・ヌーに眠る秘密をかいま見た。妻の仇を求めて中原をさまよった。俺はもはや以前の俺ではなく、アルゴスの草原は俺にとってもはや帰ることのかなわぬ地だ」

リー・ファの輝く笑顔と、陽光に波打つ草の海の光景が一瞬スカールの眼交《まなかい》をよぎって消えた。

「モスはすでに俺の神ではないのかもしれぬ。中原の十二神でさえも。神というものの織りなす運命に、俺が織り込まれているとは思えん。俺はまよい子であり、復讐の炎ももはや俺を駆り立てることもない」

そう口に出して、スカールはそれが真実であることに気づいた。今、イシュトヴァーンを前にしたところで、以前のような純粋な殺意と復讐心が燃え上がるとは思えなかった。手の中には小イシュトヴァーン、スーティの小さな温かい指がしっかりと握られており、黒い髪と眼の幼子は澄んだ瞳でじっと彼を見上げていた。

さまよえる死者の国で彼とこの子供は抱き合って泣き、亡きリー・ファは去りぎわに、この無垢な子に良人《おっと》を託していったのだった。彼女がモスの永遠の草原で見守っているとわかった今、スカールを内側から焼き尽くそうとしていたイシュトヴァーンへの復讐心は、不思議にも、春の陽をあびた雪のように溶けうせていた。

「だが、俺はいまだ俺の知る秘密のなんたるかを知らず、また、お前たちの言うグインの対星、〈北の豹と南の鷹〉なる運命がどんなものかも知らぬ。自らの知らぬ運命の駒として、俺は動かされたくはない」

わずかな感傷と胸の痛みを振り捨てて、スカールは続けた。

「お前たちの言う女神アウラ・シャー、そのアウラという名は、なぜか俺には親しく感じられる。ノスフェラスで見たあの奇怪な光景の鍵のいくぶんかが、そこにあるのではないかという気がする。そして訳あって身を隠していた場所に紛れ込んできたこの鴉は、滅びた魔都フェラーラで俺を待つものがあるという」

「鴉鴉と言わないどくれ。あたしゃ黄昏の国の女王ザザさ」

怒ったようにザザが口をはさんで言ったかと思うと、ぱっとスカールの肩から飛び立ち、空中で身を翻した。

黒い大きな陰が翼のように翻り、細いつま先が音もなく床に降りた。

先を続けようとしていたスカールは口を開く途中であっけにとられて止まり、そこに現れた者をまじまじと見つめた。

「あんまりじろじろ見るんじゃないよ。穴が開いちまう」

しなを作って女は言った。

「とりさん、おんなのひとだったの？」

スーティが無邪気に声をあげた。

「女の人だったの、はご挨拶だねえ。あたしが女だってことは、とうの昔にわかってたろうに」

つんと胸をそらせて女は言った。

そのゆたかな胸は黒い革の胸当てにかろうじて、という程度に覆われ、引き締まった腰から尻を隠すのはこれもまた黒い革の短い腰衣、ほどよく筋肉のついたすらりと長い足には、膝下まである黒い革の長靴。

肩からこれも黒い、夜のような色のマントを羽織ってはいたが、一枚はいでしまえば相当に扇情的な格好をしたあでやかな美女が、妖艶な笑みを浮かべて立っている。夜を思わせる浅黒さと機敏によく動く、きらめくような瞳にわずかにあの大鴉の面影を残していた。

「……ウーラが化けたと思っていたら、お前もか、ザザ」

ようやく気を取り直してスカールは呟いた。

「あんたがひとのこと鴉鴉とばっかり言うからだよ、鷹」

ザザである女はフンと鼻を鳴らし、赤い唇から舌を突き出してみせた。

「あたしだって粋な格好をしようと思えばできるのさ。どうせこれからあの魔物の女王様にご謁見となるんだから、あたしだって、ちょいとばかりおめかししてもよさそうなもんだろ」

「粋な格好の度が過ぎよう。子供が見ているのだぞ」

だがその肝心の子供は母と別れてから久方ぶりに見た人間の女の近しい姿にすっかり感動して、

「とりさんきれい！　とってもきれい！　母さまみたい！」

とおそらく彼にとっては最上級であろう形容でザザにまつわりついている。何を言っても無駄と知って、スカールは吐息をついて魔物と人間の若夫婦に向き直った。

「ここで俺を待っているというのはお前たちなのか」

「その問いにはなかばは是、なかばは否と申せましょう」

ナディーンは頭を振った。彼ら二人はザザの変身は以前にも見たものらしく、顔色一つ変えなかった。

「わたくしどもは確かにあなたさまをお待ち申し上げておりました。けれどもそれは、わたくしたち自身がお待ちしていたのではなく、この地にてあなたさまに開かれる運命の扉が待ち受けていたのでございます。わたくしどもはその渡し守となるばかり。リリト・デア様も、そうでございましょう。あの方はこの見捨てられた神殿の奥津城《おくつき》、以前はアクメット神の祭壇のあった広間にて、スカール様をお待ちでございます」

「俺としては、一刻も早くそのアウラ・シャー神殿へと足を延ばして、この頭の中にうずく問題の決着をつけたいのだが」

　スカールはあきらめたように額に手を当てた。

「まあ、滅びたとはいえ一国の女王に挨拶もせず、その国内の神殿に勝手に足を踏み入れるのも礼儀知らずではある。待たれていると言われればなおさらのことだ。では、案内してくれ、ナディーン、リアーヌ。魔女とはいえ、女王陛下に謁見するというのも久しぶりだ。気に入ってもらえればいいのだがな」

3

ナディーンとリアーヌは手を取り合って松明をかかげ、スカール一行の先に立った。スカールはスーティの手を引いて続き、後ろから影のようにひそやかに女の姿をしたザザ、それに狼のウーラが続く。

「足元にお気をつけください。壊れているところが多いのです」

赤い眼を向けてリアーヌが注意した。

彼らは両側に彫刻で飾られた壁のある回廊を下っているところだった。階段はあちこちでひび割れ、崩れて、そうでないところも歳月の浸食のためにひどく脆くなっているようだった。壁面には鰐頭のアクメット神を含めたさまざまな獣頭人身の神々が饗宴の席につき、愛し合い、また争い、人のものではない武器で相手を打ち倒すところが刻まれていた。

中にはいったい何をしているのか、見当もつかないいくつかの行為もあった。絞った果実のような形の円の中に腰掛け、様式化された文様のようなものに手をおいている神々がいた。目で追っているとくらくらとして足を踏み外しそうになる、のたくるなにものかの前にかがみ込み、何事か身振りしている群像もあった。

「アクメット神は鰐頭の神だと言うが」

先を行くナディーンにスカールは声をかけた。

「ここに描かれた神々たちの中にアウラ・シャーか、その同族の姿もあるのか。ずいぶんさまざまな半獣神がいるようだが」

「女神アウラ・シャーは、猫の頭、乙女の肉体、背に一対の純白の翼を持った、高貴な女神でいらっしゃいます」

ナディーンが一瞬足を止め、巫女らしく敬虔《けいけん》な身振りをして答えた。

「アクメット神と女神アウラ・シャーは、同じようにある日、星船に乗って天から下ってこられたとのことです。アクメット神がアーナーダを身代わりとしてこの地を去ったのと違って、アウラ・シャー様はずっとこのフェラーラに身をおかれ、はるか昔には親しく人間の間を歩かれておられました。それもまた、四千年も昔のこととか。今はあまりに刻がたちすぎた故に、女神もアウラ・シャー神殿の最奥にこもられて永く……もっとも深い神殿の奥宮、秘密の扉の先に、女神そのお方の真実の肉体が、今もなお眠りにつかれているとも聞き及びます」

「猫の頭」

目を光らせてスカールは繰り返し、崩れた階段に躓いてあわてて体を支えた。

「えい、ちくしょう、まったくやくざな道だ……失敬、巫女殿。鰐の頭はともかく、猫の頭というのは何か感じるものがあるな。豹と猫とは同族だ、グインと何か関係があるような気がする」

「グイン様も以前、そうおっしゃっておいでででした」

ナディーンは頷き、松明を下げて穴の開いた段を一同によけて通らせた。

「アウラ・カーとアウラ・シャー、ランドシアとランドック。あの方に与えられた鍵と、この地に残る名前があまりに似ていると。そして同じように、できればアウラ・シャー様との接触、さなくともせめて本殿への参拝を望まれておいででしたが、そうするよりも前に、わたくしがリリト・デア様の魔女宮に連れ去られてしまい、グイン様もまた同様に引き立てられて、女神の神殿を去らねばならぬことになってしまったのです」

話しているうちに階段は尽きて、スカールたちは地下深く、はるかに開けた場所に降り立っていた。

あたりはいくつかの松明と、なにか魔力かそのたぐいらしいぼうっと光る青白い球に照らされていた。

その下で、かつて魔都フェラーラの民だった者たちが、三々五々、背中をまるめてうずくまったり、疲れたように横になってぴくりともしなかったり、顔を覆ってひそかにすすり泣いていた。

こちらを見上げた人間らしき姿のものの目にスカールは息をのんだ。それはひとの目ではなく、山羊の四角い瞳孔だった。

全体としては老いた男の顔に近かったが、大きく突き出た鼻が全体をひどく獣じみたものにしている。濃いまつげは厚く顔の上にかぶさり、山羊鬚《ひげ》などというものではない獣毛がふさふさと全体を覆っている。頭には重たげな角が生え、その一方は折れていた。

そのかたわらには妻らしき老いた女に見えるものが寄り添っていたが、そのものは羊の目と顔をしていた。同じくふさふさとした毛皮に覆われ、山羊の頭の夫に寄り添っている。羊らしくふかふかとした毛皮は無残に焦げ汚れ、もつれて所々が血で固まっている。傷ついているのだろうが、それよりも、心の傷のほうが深いのは一目瞭然だった。おだやかな羊の目が、涙に濡れているのをスカールは初めて見た。

なにか光るものがずるりと動いた。目をこらしてみて、太い蛇か鰐のようなものがいると感じたスカールは反射的にスーティを引き寄せかけたが、それが人間の頭をしたものの太い尾であることに気づいて手をゆるめた。

いずれにせよ、そのものは闖入者たちに注意など払っていなかった。銀灰色と黒の縞模様の鱗はあちこちはげ落ち、硬そうなとげとたてがみに覆われた頭は目をくりぬかれて赤黒い洞穴で虚空を見つめていた。短い手足を地面について腹ばいになってぴくりともしないのは本物の鰐のようだったが、獲物を待っているのではなく、絶望のあまり動くこともできずにいるのだろう。

臭気が、今さらのようにスカールの意識に上ってきた。汚れた体や腐った傷、古い血のにおいだけではない。絶望と恐怖そのものが放つ、屍臭にも近い胸苦しい臭いだ。この場にはそれが充満していた。暗い広間のそこここに蠢《うごめ》く異形のものたちがひとしく放つ、暗い想いがこの場をよけいに暗く翳《かげ》らせている。

「なるほど」

前もってザザから聞かされてはいたが、スカールは思わず嘆声をもらした。

「まさに魔都だな。人間と妖魔がとなりあって暮らす場所、か。このような民が平和に住んでいる都市など、俺は想像したこともなかった」

「栄えていた頃のフェラーラをお見せしとうございました」

リアーヌが辛そうに言って、苦悩を形にしたように動かぬ仲間たちを痛ましげに見やった。

「妖魔であろうと人であろうと区別などなく、民は心やすく日々の生活を送り、人も妖魔も変わらずものを食べ、会話し、笑い、往来を行き来して商売に噂話に恋愛に、それこそスカール様が人間の都市に付き物としてご存じのあらゆることを、まったく変わらず行っていたのです」

さらに多くの異形の民たちのあいだをスカールは導かれていった。

フェラーラ以外の場所であれば異形として排斥されるに違いない集団——駱駝《らくだ》の頭をした男、犬や猫の特徴を持ったもの、先ほどの夫婦よりさらに獣めいて見える、山羊のように渦巻いた角と毛むくじゃらの下半身をもった者、一見は人間だが服の裾から蛇のような鱗におおわれた太い尾をひきずっている者、腕の代わりに蝙蝠《こうもり》めいた膜質の翼を持ち、それで頭を隠してじっと動かない者——およそ人間と妖魔のあいだの混淆《こんこう》から生まれた、きわめて異様にして雑多ないきものが、そこに群れていた。

「フェラーラは彼らや、わたくしのような者にとって唯一の地でございました。妖魔とはいえたいした魔力もないわたくしや、妖魔との混血によって異形の姿で生まれた者でも、ここでは排斥されることなく生きてゆけたのです。そこが滅んだ今、彼らにゆく場所はございません。ほかの土地に行けば、あっという間に怪物として打ち殺されてしまうでしょう。フェラーラを楽園であったとは申しません、ただ、やはりあの都市は、われわれにとって唯一の故郷であり故地だったのです」

リアーヌの沈痛な言葉さえ、この絶望の塑像と化したひとびとには届かないようだった。空気はむっとして蒸れくさく、垢と汚れと、掃除の行き届いていない犬小屋のような獣臭、そして、何よりも強い、すべてを失ったものの絶望と悲傷の悪臭が、高い天井にまで充満していた。

「いろんなひと」

うずくまったまま頭も上げない人々の間を通り抜けていきながら、スーティは目を丸くしていた。

「とりさんもいるし、うまさんもいる。わんわんも。にゃーにゃも。あそこにいるの、とりさんのおともだちなの？」

「ふん、あんな半ちくといっしょにしないどくれな、坊や」

今は女の姿のザザは、スーティが示した壁際の一団を一瞥して舌打ちして顔をそむけた。

「あれはただの半妖で、あたしは生粋《きっすい》の妖魔、妖魔のなかの女王だよ。あいつらは単なる下っ端ハーピイの孫の孫のそのまた玄孫《やしゃご》ってとこで、ほんとの妖魔の血なんか五、六滴ほどしか入っちゃいないんだから」

壁のくぼんだところにひとかたまりになっているのは、猛禽《もうきん》の体に若い女の顔を持ったフェラーラの住民だった。ほかの逃亡者たちと同様、絶望と悲嘆がその若々しい顔を食い荒らし、羽毛をぼさぼさにして、まるで古い羽はたきが積み重ねられているように見えた。彼女たちはどんよりした眼でスカールたちを見上げ、呪詛《じゅそ》とも羨望ともつかぬ鈍い呻き声をあげて、また地面を爪で意味もなくひっかく作業に戻った。

「こちらです」

流亡の民がたむろする広間をぬけて、リアーヌは巨大な円柱にはさまれた石の扉の前にスカールたちを導いた。

「ここがアクメット神殿の奥津城《おくつき》。この扉のむこうにリリト・デア女王がおいでです」

そう言うと、石の扉にとりつけられた青銅の鰐の頭、それがくわえているすり減った輪をつかんで強く二度鳴らした。

「リアーヌでございます、リリト・デア様。ナディーンもおります」

残響がまだ天井の間で跳ね回っているあいだに、リアーヌは鈴のような声を扉にむけて張り上げた。

「〈南の鷹〉、アルゴスのスカール様をお連れいたしました。中へお入れしてもよろしゅうございましょうか」

若い妖魔の声が幾度も跳ね返り、ほそぼそとした反響になって消えていくまで返事はなかった。女王は自分に会う気などないのではなかろうか、とスカールが疑いだした頃になってやっと、よくよく耳をすまさないと聞こえないほどの、枯れ葉のこすれあうようなしわがれ声が届いた。

『お入り』

＊

重い扉がきしりながら開き、内部の燐めいた青い光と、その中心に横たわって廷臣――数少ない――に囲まれている者を見たとき、スカールは二つの感情に胸を貫かれた。嫌悪と、そして哀れみとに。

以前であれば、それは美しいとも、また、恐ろしいとも呼べたろう。ある程度の畏怖を感じさせる、異質だが侵しがたい権威を感じさせる存在でもあったろう。

だが、今そこにいるのはかつてのフェラーラの残骸、魔と人間が隣り合って風変わりな生活を営んでいた都の、無惨な残りかすにすぎなかった。

藁《わら》のはみ出した寝台の上から、一対のどんよりとした眼がスカールを見つめていた。以前は黄色、もしかしたら黄金、それらに近い色だったのだろうが、今はそれは鈍く濁って、古くなった卵の黄身のように薄い膜がかかっていた。額から三角形に生えている薄汚れた毛皮はほぼ白いが、あちこち毛が抜けて汚れ、ほかの多くの部分と同じように汚物がくっついている。

まず目に入るのは、おそろしく肥大化した腹部――ほとんど寝台から転げ落ちんばかりに膨満した下半身、次が、その上に言い訳のようにくっついた、やせ衰えた異形の女らしき上半身だった。

ひどく皺《しわ》がより、毛が抜け、顎の細いとがった顔はいよいよ細くそげ落ちて、まるで干した猿の死骸を思わせる。かつての美しさは、それが失われたあとではいっそう彼女をみじめに見せていた。昔は額に一対の触角めいたなにかがあったようだが、一方は根本から失われ、残った一方もなかばでちぎれてもとの形を窺うことはできない。左右三本ずつ、骨と皮ばかりの三対六本の手を持ち、しぼんだ二対の乳房がだらりと垂れている。

全体はリアーヌと同じく白いにこ毛に覆われていたが、若さに輝くリアーヌと比較するにはあまりに残酷なほど、全体が薄汚れ、瘡ができ、抜け落ちて痛々しい地肌をさらしていた。

腹の上にはこれもまた薄汚れた布がかけられていたが、それだけでは覆いきれないほど、膨れ上がった腹は異常に巨大だった。ほとんど球形といってよいその大きさはとうてい覆いきれず、隠しきれなかった下半分がほとんどまる見えになっている。蜘蛛《くも》めいた上半身に見合って、それはまた蜘蛛を思わせる甲殻で覆われた胴体であり腹だった。黒と白に奇妙に文様の入った甲殻の間をうすい膜がつないで、ぴくぴくと震えている。

血管めいた紫色の太い管が甲殻質の間からはみ出るように、呼吸にあわせて脈打っていた。その呼吸もまたぜいぜいと喉を鳴らす末期《まつご》のそれであり、スカールは、この哀れな生き物が、死を間近にしていることを感じ取らずにはいられなかった。

寝台の周囲には厳つい体をした赤い顔の一つ目の魔物をはじめ、数人の人間型をしたのも、そうでないのも含めて、十名ほどの廷臣が立つなり、うずくまるなりしていたが、女王にしてやれることはほとんどないのを彼らも悟っているようだった。彼らは女王が死んでいくのを知っており、ただそれを手をつかねて見ているしかないのだった。

どこかアーナーダを思わせる人面の蚯蚓《みみず》めいた生き物が数匹、寝台の足下から立ち上がって海草のように揺れている。絶望と無気力がこの場の支配者だった。申し訳のように枕元におかれた青銅の香炉から青い煙が筋をひき、かつての王宮の退廃と豪奢《ごうしゃ》をわずかに香らせていた。

「ようこそはるばると我が宮殿に、〈南の鷹〉殿」

リリト・デア――かつてのフェラーラの魔女王――はいった。しゅうしゅうと息の漏れるような笑い声をたて、身をゆすった。額に垂れかかる触角の名残が伸びすぎた前髪のように眼にかぶさった。

ナディーンがつと前に出て、病気の子供を扱うように優しく女王の背に手を添え、前の豪奢の残り物らしい、あまり汚れていない朱色の繻子《しゅす》の枕をとって当てた。

「ええ、かまうな。触るでない、小娘」

女王は手を振り回して暴れたが、ナディーンは慣れているらしく、低い宥《なだ》めの言葉を呟きながら骨と皮ばかりの腕をさすり、背中を支え、むき出しの肩に軽い上着をかけた。

「お薬をお飲みにならないといけませんわ、陛下」

傍らにあった瓶と杯をとって、中身がまだ入っているのにとがめるように首を振った。

「この飲み物を口になされればお背中の痛みがましになりますのに。それに少しでも、滋養をおつけにならないと。こちらを」

「なぜわらわを静かに死なせてはくれぬのじゃ」

ナディーンがそそいで差し出した杯から顔をそむけて、リリト・デアは嗄《か》れた声で嘆いた。

「ああ、ああ、我がフェラーラよ、美しきサイスの魔女宮よ。かの偉大なる放埓《ほうらつ》と怠惰の日々よ。わらわは愚かな女王ではなかった。少なくとも即位してしばらくは。我が都、我が王国を守るために阿呆のふりさえしたものを、いつの間にかそれが我が身にとってかわってしもうた。それでもフェラーラは我が都市、わが王国、わが血と肉であり、魂であった。フェラーラが死んだときわらわも死んだ。アーナーダが死んだのと同様に。ああ、呪われよ、キタイの王、竜どもの支配者、魔物ではなく、まして人ではないものよ、異界よりの災いよ、ああ、ああ、ああ」

「さ、頭をわたくしの手におあずけになって。お口をあけて」

ナディーンは辛抱強く勧めた。女王はしばらくだだをこねるようにあちらを向きこちらを向きしていたが、とうとうあきらめたように、杯の中身が口に注がれるに任せた。飲んでしまうと、深い吐息をついて布団と枕に身を沈めた。明らかに少しばかり苦痛が引いて、気分も落ち着いてきたようだった。目の光もいくらか蘇り、かつての黄金の輝きが瞳に戻ってきた。

「ナディーンは医者なのか」

「アウラの巫女として、多少の癒しの技を身につけております」

スカールの問いに、リアーヌは小さくささやき返した。

「ほとんどの臣民が殺されてしまった今、女王の苦しみ悩みをいくらかでも軽くする術を知っているのは、ナディーンだけなのです」

そう言いながらも、リアーヌは病み衰えたかつての女主人の姿を痛ましげに見つめていた。

ナディーンは女王をなだめすかして杯の中身を全部飲ませ、それから枕と布団を整えて、膨れ上がった腹を覆う布を引き上げてやった。あまり意味はなかったが。

「見苦しいところをお見せしてすまなんだの、〈南の鷹〉」

瓶と杯をもってナディーンが引き下がると、リリト・デアはようやく少しばかりの威厳をかき集める元気が出たようだった。枕の上で、膨張した腹部が許すかぎりまっすぐ身を起こし、金色の両眼をスカールにあてた。

「とはいえ、わらわはそなたがこちへ来せられた理由《わけ》については殆《ほとん》ど知らぬ。ここな小うるさい猫神《びょうしん》の小娘と、わらわの玩弄物《おもちゃ》であったそこな子兎めが、占いが指したやら、魔がさしたやら、〈鷹〉がわらわがもとに飛来し、わらわと民を救うであろうと申しおる」

　スカールは驚いてリアーヌを省みた。占いに彼の来訪が出ていたとは聞かされていても、自分がこの魔女王と、悲惨な状態の流亡のフェラーラ市民を救うなどとは思いもよらなかったのである。リアーヌはつつましく目を伏せたままで、スカールの無言の問いにも答えなかった。

「ほ、驚いておる」

　女王は目ざとく指摘し、また風の吹き抜けるようなか細い笑い声をたてて乾いた手を打った。

「さもあろう、さもあろう――これはこの残虐の魔女王に意趣返ししようとて、小娘と子兎がたてた意地の悪い企てなのじゃ。いったん希望《のぞみ》を与えておいてそれを取り上げる、これほど酷い拷問はないからの。わらわとて何度もこの手は使った。愉しいものじゃて、な、よって今我が身に使われても、文句は言うまいぞよ、子兎よ」

「ナディーンの占いはまことのことにございます、陛下」

　リアーヌはそっと言った。

「わたくしも、そしてナディーンも、けっして陛下をお恨み申し上げてはおりません。わたくしは今も昔も陛下にお仕えする身、そしてフェラーラを愛する者。フェラーラに生まれ育った者として、あの驚異の都市、妖魔であろうと人であろうと自由に生きられるあの街を、愛さぬものがございましょうか。陛下は長年そのフェラーラを守り、統治されてきたお方。敬いこそすれ、どうして恨みなど抱きましょう」

「そなたを鬼どもに鞭打たせ、逆さ吊りにしてその白い毛皮を血に染めたわらわをか」

挑発するように女王は三対ある手のとがった爪を揺らめかせた。

「そなたの恋人をシーアンへやり、竜王のいけにえにせんとたくらんだ、この魔女王をかえ」

「それらはすべて過ぎたこと。グイン様のお力でわれらは救われましたが、今度はもっと大きな災いがフェラーラに、そして陛下に降りかかりました。アーナーダの死、そしてキタイ軍の侵攻」

瓶をどこかへ片づけてきたナディーンが戻ってきて、そっと恋人に寄り添った。リアーヌは温かい微笑を彼女に向け、のばされた手に白い指をからめた。スカールのマントの下でずっと目を丸くしていたスーティはいっそう目をまん丸くし、後ろで控えていた女姿のザザは横を向いて、これ見よがしに手で顔を扇ぐしぐさをしてみせた。

「フェラーラは我らの都市、我ら妖魔と半妖が唯一自由に生きられる楽園でございました。いかに無道や残虐が横行していようとも、あの地こそが我らが故郷。揺籃の日々とそれを揺らす母の手を、懐かしく思わぬ子供がどこにおりましょう」

「では、苦しめようというのだ。わらわにかつての栄華を思い出させて」

寝台の上で女王は苦しげに身をよじった。

「ああ、フェラーラよ、わらわの王国よ。永久に地上から消し去られた妖魔の都よ。あの地でわらわは美しかった。若き日々には多くの人と妖魔がわらわに競って愛を囁《ささや》いた。わらわの魔女宮には犬にでも床の絨毯でも壁飾りにでもよいから身近に置いてくれと懇願するものが門前に集まり、むせび泣くさまは生きた海のようであった。わらわはそれを受け入れた。彼らは回廊で灯火を支える手となり壁を飾る顔となり、わらわの足を支える絨毯のひとすじとなった。犬として、猫として、蛇として、またその他の言いつくせぬあらゆる卑しい獣や虫けらとなって、わらわが足元に這いつくばるを幸福とした。中でも美しい者、また飛び抜けて醜い者には、この身に触れることさえ許した。多くの者は喜びのあまり、またわらわが戯れの激しいあまりに死んだが」

　老いた女王は顔を覆った。石でできた彫像のように、彼女の廷臣は身じろぎもせず女王の嘆きに耳をかたむけている。皺だらけの小さな手のひらの下から白い涙が一筋流れた。

「子は生まれたか？　生まれた。だが育たなかった。わらわの子《こ》宮《つぼ》は役立たずであった。おのれの産み落とした子らのひよわさ小ささ、そしてゆがんだ醜さにわらわは震えて泣いた。フェラーラの王家はすでに老いており、わらわの血もまともな子をなすにはもはや濃くなりすぎていた。フェラーラの最後の女王となる運命を告げられたときも、すでに以前からそうと知っていた。いかなる享楽にも、残虐にも悪徳にも、もはや飽きはてた。豹頭の男がフェラーラに入り、終末《おわり》の鐘が頭上に鳴り渡るのを幻に聞いた時にも。今にして思えばすべては夢であった。芝居であった。わらわは滅びとともにむなしく生き、そして死ぬ」

数少ない侍従たちが声を殺して泣いていた。スカールは無言でこの嘆きを聞き、ナディーンとリアーヌも悲しげに俯《うつむ》いたまま何も言わなかった。ザザでさえ余計な口はきこうとしなかった。女王が死にかけていることは明白であり、何であれ、その膨れ上がった腹の内のなにか——腫瘍か、それとももっとたちの悪い死病か——が、この老いた妖魔の命を食らいつくそうとしていることははっきりしていた。

寝台の下から人面を持った青白い蚯蚓どもがゆらゆらと頭をのばして、女王の嘆きを慰めようとした。裂け目のような口から青黒い鑢《やすり》のような舌をのばし、涙を嘗《な》めた。

「構うな、おきゃれ、長虫《ながむし》の局《つぼね》ども」

最初じゃけんに女王は払いのけ、それから我にかえったように手を伸ばして、うねうねと揺れる蚯蚓どもの頭をいとしげに撫でた。

「そなたらもいかい数が減ったのう。最初にその姿でわらわの身近に侍りたいと望んだものは誰だったやら。もはや忘れてしもうた。したがそれもどうでもよい。後にはわらわの愛は刑罰となり、気まぐれと嗜虐のためにその姿に閉じこめられる者のほうが多うなった。わらわが身には恐れと憎しみ、恨みつらみが降り積もり、いまやこうして死の床に横たわる。まことに運命とは容赦なき刑吏、賃借の勘定は時いたらば必ず支払わされるが道理。そなたらの中にもわらわに元の姿を奪われた者もいようになあ」

長虫どもはゆらゆらくねくねと揺れ動き、必死になって女王を慰めようと試みると見えた。発声器官を持たないらしい小さい口が開閉し、色のない石のような目がちかちかとまばたく。床面から抜けそうになるほど細長く身を引き延ばして、女王の肩にすがりつき、懸命に頭をこすりつけて涙をぬぐおうとするものもいた。

「女王よ。リリト・デア」

長虫を抱いてすすり泣く女王に、スカールはそっと声をかけた。

「御身の悲しみはよくわかる。俺も故郷と大切な者を奪われ、喪失と苦悩に身を焼き焦がされつつ諸国を巡ったのだ。だがその者たちの忠義は疑わずにおいてやってくれ。このような場所まで従ってきて、御身の苦痛をやわらげ、悲哀を取り去ろうとしてくれているではないか」

「ああ、それこそが苦痛よ。かつてわらわが虐《しいた》げたものどもが、わらわを哀れむとは」

長虫どもにまつわりつかれながら、リリト・デアはため息をついた。

「憎悪ならよかった。殺意でも。それなら勘定が合う。だが忠義と愛を返されるとは思わなんだ。わらわの性にはなかったものゆえ。今のわらわにとって忠義は火、善意は酸、愛は身をむしばむ毒よ。いっそ一息にこの胸に剣を刺し通してくりょうものなら、すべてが終わり安らかになれるものを」

「どうぞ、そんなことはおっしゃらんでください、陛下」

後ろで控えていた赤い衣の大鬼がたまりかねたように進み出た。ひとつきりしかない巨大な目から、拳ほどもある大きな涙の滴がしたたる。

「陛下は俺たちフェラーラの者にとっていつまでも女王陛下です。死ぬなんて、お願いですから言わねえでください。俺たちのフェラーラがなくなっても、陛下が生きておいでになるかぎり、フェラーラは滅びていないと思えるんです。陛下は俺たちの故郷で、母でいらっしゃいます。息子や娘がどうして母を憎めると思いますか」

この懇願に女王は答えず、ただ疲れたように寝台に身を沈めただけだった。手を離された長虫どもが名残惜しげにするすると下がっていく。

「で」

とうってかわって無気力な調子で、リリト・デアは言った。三対の腕は力なくだらりと下がった。目の周りに濃い隈が浮き、激情の通り過ぎたあとの疲労が、全身をそれまでよりもっとしぼんで見せていた。

「草原の鷹どのには、わらわが廃都に光栄にも何の御用で来《わ》せられたのじゃえ」

「何の用、と言われても困るが。なにしろ俺たちは、そこの大鴉ザザに導かれるままにこちらへたどり着いたものでな」

女姿のザザは馬鹿にしたように「カー」と鳴き、それからいま自分がとっている姿を思い出してあわてて口を押さえた。

「しかし、頼めるのであれば、かつてのフェラーラの都に存在したというアウラ・シャーの神殿へ詣でる許しが欲しい。神殿が破壊されたという話はそこのリアーヌとナディーンからも聞いているが、アウラという名は俺が抱えている謎のひとつに通じる道なのだ。ひょっとしたら、何らかの手がかりが摑めるかもしれぬ。ご許可いただけようか」

「ああ、許そうぞ、鷹どのよ」

皺びた唇に皮肉な笑みを浮かべて、投げやりに女王は手を振った。

「徹底的に壊され焼かれ蹂躙《じゅうりん》され尽くしたわが都、ただの荒れ地と化したフェラーラに足を踏み入れるのに、わざわざわらわの許可をとろうとはまっことご丁寧な。よいよい、入るがよい、どのようなことでも好きにせい。わらわはもはや気にもせぬ。どのようなことも気にはならぬ。ただもういつこの命が、苦痛が終わるか、それだけがわらわが気がかりよ」

返す言葉もなく、スカールはただ頭を垂れた。すすり泣くお付きたちの声がまた高くなり、長虫たちは互いに身を絡め合って、声のない嘆きをかわした。

「そうと決まれば、片時《へんし》も早う」

わずかな威厳と悪戯気を破れた芝居衣装のように身にまとって、女王は寝台の上で膨張した腹が許すかぎりしゃんと姿勢を立ててみせた。

「アウラ・シャー神殿へ参詣するがよい、草原の鷹。そこに何があるかはわらわも知らぬが。なんであれ、そなたの役に立つものであればよいがの。役に立たぬでも、それはそれで愉快ではある……」

それ以上口を開こうとはせず、リリト・デアは顔を背《そむ》けて疲れ果てたように藁布団の上に崩れ落ち、ナディーンがあわてて駆け寄った。

「出ましょう」

思わず近寄りかけたスカールを留めて、リアーヌが耳もとで囁いた。

「陛下はお疲れです。スカール様もお疲れでしょう。神殿へ出発なさる前に、わたくしどものところで休息なさってください。陛下はナディーンが手当をいたします、大丈夫です」

ナディーンはぐったりと横たわった女王の上にかがみ込み、てきぱきと周囲の者に指示して、布や水、杯、薬の入っているらしい瓶や壺などを持ってこさせている。

その中心で、醜く膨れ上がった異様な果実のごとき腹にかくれて、皺びた身体をぐったりと横たえている廃都の女王に心を残しながら、スカールたちはリアーヌに促されるまま部屋を出て、暗い広間と絶望した人々の間を、再び横切っていった。

第二話　猫神は語る

1

「ここまででいい。悪かったな、リアーヌ」

リアーヌは不安げな顔を上に向けて足を止めた。スカールについて崩れた石の一部に足をかけたところで、右手に松明をかかげ、赤い目を眩しげに細めていた。

「危険です、スカール様。せめてアウラ女神の神域の近くまでご案内させてください。近くで何度もキタイの兵士が目撃されております。フェラーラの生き残りを捜しているのです」

「ならばいっそう、お前は外へ出ぬほうがよい。心配せずとも、俺は自分の身を守る術くらい心得ている」

スカールは安心させるように腰の剣をたたいてみせた。頭上には外光が揺れ、曇りがちな空に雲が流れるのがわずかに見える。地中にうがたれた細い通り道は急で足場が悪く、土臭い湿気と苔の臭いがこもっていた。

「ですが、スカール様」

「お前には他にも守ってやらねばならぬものがいよう。妻のそばにいてやるがよい。それから、うちの小僧もな。ザザとウーラも世話はしようが」

なまめかしい女の姿で睫毛をそよがせるザザを思い出して、スカールは眉間にしわを寄せた。

「なんといっても幼い子だ、そばにいてやる者が多いに越したことはない。ナディーンとともに、そばにいてやってくれ。道筋はさほど複雑ではないのだろう」

「はい、この洞窟をあがってしまえば、すぐにかつてのフェラーラの大通りにつきます。下町通りをまっすぐ進んでいけば、しばらくして右手の木立ちの奥にアウラ神殿の尖塔が見えてくるはず――少なくとも陥落前のフェラーラでは、という意味ですが」

「それだけわかっていれば大丈夫だ。さあ、戻って、ナディーンを安心させてやれ。お前がいなくて、さぞ心細く思っていることだろう」

リアーヌはほっそりした白兎めいた顔をまた赤らめた。今ではスカールも、この風変わりではあるが美しい若い魔物の表情をかなり読めるようになっていた。種族を異にする一対ではあるが、二人の想い合う様はまことに愛らしく、心温まる姿だった。かつて自分と亡きリー・ファが交わした睦言《むつごと》を思い出した。これほど純情でも、また内気でもなかったが、彼ら二人の愛と幸福を守ってやりたいと思うには、充分な理由だった。

＊

「わたくしたちが逃げてきた通路を使うわけにはいきません」

病める女王の世話を終えて戻ってきたナディーンは辛そうにそう告げた。スカール一行は以前は祭祀の道具をしまっていたらしい小部屋に案内され、それぞれに休息をとっているところだった。

「あの通路はわたくしたちが使ったあと、万が一にも後ろから辿ってこられないように父が崩して埋めてしまいました。もしここからアウラ・シャー神殿へ行こうとおぼしめすなら、地上へあがって、フェラーラ市街――もう破壊された廃墟でしかありませんが、以前と同じくそこを通り抜けてゆくしかありません」

「ならば、そうするしかないだろうな」

わざと軽くスカールは答えた。

「そう心配そうな顔をするな、ナディーン、リアーヌ。俺はこれ以上の危地をいくつも乗り越えてきたのだ。うろつくキタイ兵の一人や二人、どうということはない。お前たちが身を隠すこの地下神殿が気付かれぬかどうか、そのことのほうが気がかりだ」

「何度か、神殿の地上部分に侵入してきたことがございました」

リアーヌが細い声で言った。

「その時は隠し扉に気付かず引き上げてゆきましたが、これまで、食料や薪《まき》を手に入れに出た者が何人かとらえられております。この隠れ家と女王のことについては口外せぬまま殺されましたので、いまだにわたくしたちは無事でおりますが、それもいつまで続くやらわかりませぬ。皆があれほど絶望しているのは、そのせいもあるのです」

「地上への出口まで案内してもらえれば、あとは俺ひとりで行こう」

ナディーンが運んできた飲み物の杯を口へあてながらスカールは言った。女王に飲ませているのと同じ配合の滋養のある飲み物で、気分をさわやかにし、体力をつける効能があるとのことだった。すりつぶした桃の果肉に葡萄酒と蜂蜜、香料と薬草をまぜたものので、一口のむと確かに沈んでいた気分が上向き、くたびれた手足に力が戻ってくるのを感じた。

ザザやウーラもそれぞれ、彼ら向きに配合されたものを供されて、肉食のウーラでさえうまそうに長い舌で口のまわりを舐めている。椅子にクッションを高々と重ねて座らされたスーティは、子供用に葡萄酒を抜き、山羊の乳を加えて蜂蜜を増やしたものをもらって、両手で杯をかかえるようにして飲んでいた。

「スーティを連れていくわけにはいかぬから、ここに預けていく。ザザとウーラも、すまぬがここに残ってくれ。ぞろぞろと大人数で移動するより、俺ひとりで動いたほうが目立たずにすむだろう」

「あたしが鴉の姿でついてっちゃ駄目なのかい」

杯から顔をあげたザザが不服そうにいい、その場で大鴉に戻って、椅子の背もたれで羽ばたいた。

『鴉が一羽空を飛んでるくらいで見とがめる奴はいないだろうし、空からまわりを見張れば、ずいぶんと進みやすくなるんじゃないかね』

「いや、気持ちは嬉しいがザザ、お前はここに残ってくれ」

片手をあげてスカールは押し戻すようなしぐさをした。

「もし俺がいない間にここに危機が迫った場合、俺に知らせをもたらす者が要る。お前の翼はそれに必要だ、ザザ。ウーラはスーティとここの皆を守ってくれ。この隠れ家に戦う力のある者はほとんどいないようだ。もし襲撃があった場合、お前の牙は貴重な戦力になる」

ウーラは頭をあげて小さく唸り、尾を振った。

「ま、それも一理あるけどさ」

ひょいと人間の姿に戻り、ザザは杯の中身をひとくち飲んで渋面を作った。

「アウラとかいうおかたい女神様はちょいと、あたしの気性にゃあわなそうだしね。わかったよ、けど、重々気をつけなよ。あんたは〈鷹〉、いつか〈北の豹〉と会する〈南の鷹〉なんだ。こんなとこで死なれちゃ目も当てられない」

「俺とグインのことか」

　興をおぼえてスカールは問い返した。

「しかし、俺とグインがいつか出会うことが定められているというなら、俺の命がここで尽きるわけはないと思うのだがな」

「運命とは不可思議なものなのですわ、スカール様」

ザザが口を開く前に、ナディーンが応じた。

「前もって定められているように見えても、ほんの小さな躓《つまず》きで大きく流れがかわってしまうこともあるのです。ましてや、グイン様は運命そのものを超越されるお方、あの方の存在がいくつもの世界をゆるがすこともあるのです。いかなる予言も運命も、確実なものと思われてはなりません。たとえ大河に小石を投げ込むほどの変化でも、積み重なれば、いつか大河はせき止められ流れを変えられてしまうこともありうるのです」

「たいそう安心できることを言ってくれる」

吐息をついて杯を置き、スカールはふと顔を上げて、

「そういえばナディーンよ、お前は女王の御前で、俺がこのフェラーラの民人を救うと口にしたが、あれはどういうことだ。俺はザザに、ここで俺を待つ者がいると言われてこの地に連れてこられたが、そのような話は聞いておらんし、救うと言われても、どの

ように救うのか皆目見当がつかん。確かに、あのように絶望した女王と民を見れば、どうにかしてやりたいとは思うが」

「予言は、予言です。わたくしは自分に見えたことを告げるのみ」

ナディーンは悲しげに頭を振った。切りそろえた黒い髪がさらさらと白い顔のまわりで揺れた。

「わたくしはあなたさまが来たりたもうであろうこと、そしてあなたさまがわたくしどもフェラーラの民を救ってくださるであろうことを予見いたしました。けれども、わたくしの能力はごく限られたものでしかありません。何をどのように、と問われても、お答えできない無力をお許しくださいませ。わたくしの能力はただ大海の一点に見える遠い島を指し示すようなもの、そこに至りつくまでに何があるか、どのような潮路をたどることになるかを見通すことはできないのです」

「そして島に到達する前に暗礁に乗り上げるか、あるいは海賊に襲われて船を沈められるか」

陰気にスカールは言い、ナディーンが目に涙をためて俯いているのに気づいてはっとして手を挙げた。

「いや、なにもお前を責めているのではない、ナディーン。ただ、どうやら運命とやらのおもちゃにされているらしい自分が気にくわんだけだ。そこの黄昏の国の女王の言によれば、運命とはちょっとしたことで変わってしまうものらしいしな。そんな気まぐれなものに翻弄されるというのは、どうもおもしろくない」

「ことグイン王様の周囲に関してはね」

ザザが退屈そうに口をはさんだ。

「あの方の存在自体が運命と世界をかき回す。魔道師どもがこぞってあの方をほしがるのもそのせいさ。王様を手に入れれば、星辰《せいしん》に定められた世界の理を意のままにすることもできると思ってるんだ。ま、できるのかもしれないけどね。王様が本当にはどれだけの力を秘めてて、どんな存在なのかは、王様自身を含めて、誰もその全部を知ってるわけじゃないんだから」

「誰も自らの本当の姿と力を知っているものではありませんわ。大いなる存在でありたいと願う者は大勢いますが」

ナディーンが静かに言った。

「そのほとんどが取るに足りないおのれ自身を見るに耐えずに、力の幻を追いかけてはその幻に飲まれて死んでゆきます。あるいはあの竜王でさえもそうかもしれません。確かに恐ろしい力を有してはおりましょうが、それでもなお各国を攻め、グイン様を求めるということは、いまだおのれに満足してはいないのでしょう。偉大なる者、世界の覇者という幻影に飲まれて破滅したものは、古来枚挙にいとまがありません」

「至言だな、巫女殿よ」

杯をとってかかげ、スカールは一礼した。

「それでは巫女殿はご自分の求めるものが何かご存じか？」

「わたくしはリアーヌとの穏やかな暮らし、そしてフェラーラの民人の平安を求めるのみです」

疲れたような笑みを浮かべてナディーンは答えた。隣に座っていたリアーヌがそっと身を寄せ、励ますように肩を抱く。

「わたくしは取るに足りぬただの女でございます。多少未来を観る力を持っていたとしても、それに対して何ができるわけでもございません。フェラーラが失われた今、わたくしとリアーヌのような二人、また、フェラーラの民のような半妖の人々が平和に暮らせる地は、もはやどこにも見つからないでしょう。同じ人どうしであっても種族の違い、信じる神の違い、信念の、利害の違いによって人間は殺し合うもの。ましてや人ならぬ異形のものなど、この世界のどこに平穏を見いだせましょうか」

スカールは黙して卓上に置いた握り拳に目を落とした。ナディーンの言葉に含まれた深い諦念と絶望にうちひしがれる思いがしたのだった。揶揄《やゆ》するような物言いをしたことが恥ずかしかった。彼らは目前に迫った暗黒の運命に飲み込まれるしかないことを知りつつ、それに対して何をする力も持たないこともまた知っているのだ。

「すまなかった」

何に対してということもなく、スカールは呟いた。ナディーンはかぶりを振った。

「なぜ謝られるのです？　この世界では弱いことは罪なのです。竜王が到来してからのキタイではことに。どうぞわたくしどもの弱さをお許しください、スカール様。自らの国と命を守るのに、異邦人であるあなたさまの手をお借りせねばならない弱さを。できるならばわたくしとて剣をとり、あなたさまのお役に立ちとうございます、こちらのリアーヌもともに。けれどもわたくしたちではしょせん、あなたさまのお邪魔になるだけです」

「お前たちはできるだけのことをしてくれた。それは弱さではない」

杯をすっかり飲み干して立ち上がり、剣帯を巻きつけながらスカールは言った。卓を回ってスーティのそばに立つ。スーティは口のまわりに白い乳の髭をくっつけて、まるい目でスカールを見上げた。

「おいちゃんどっかいくのか？　スーティもいっしょ、いくか？」

「いや、お前はここで待っているのだ、スーティ。ザザやウーラといっしょにな」

黒いやわらかい髪を乱暴にかき回して、スカールは剣を留めつけ、ナディーンの方をむいた。

「この子の世話を頼む。どうにも元気なやんちゃ坊主だが、聞き分けはいいからそう手は焼かせないと思う。俺が戻るまで、遊び相手になってやってくれ。母にはぐれた子だ、女手のぬくもりが恋しかろう」

「承知いたしました。本当にかわいらしいお子」

ナディーンは笑って、いとしくてならないようにスーティの頭を撫でた。

「この子にもなにか複雑な運命を感じます。けれどこの子は強いお子。きっとどんな荒波も、力強く乗り越えてゆくのでしょう。坊や、飲み物は気に入ったかしら？　よければもう一杯、作ってあげましょうか」

「うん！」

ぱっと顔を輝かせてスーティは両手で杯を持ち上げた。

「スーティ、のむ！　おいしくてあまいの、のむ！」

「贅沢いっていいなら、あたしたちにももう少しもらえるかね」

ザザが手を挙げ、驚いたことにウーラも賛同するように小さく吠えた。

「〈非人境《ノーマンズランド》〉を渡るのに、ちょいと力を使って疲れちまった。あんたのこの飲み物は、あたしたちみたいな妖魔にも効き目があるようだ。まあ、あの女王様のために作ったんだったら、当然かもしれないけど」

「はい、ただいますぐに」

「おい、ここは酒場ではないのだぞ、ザザ」

かいがいしく杯を集めて盆に並べるナディーンに、スカールはあわてて口をはさんだ。

「あまり彼女をこき使ってやるな。女王の看護で疲れているのに」

「おかまいなく、スカール様。お客様をおもてなしするのは、どんな時でも愉しいもの」

ほほえんで、ナディーンは盆を持ち上げた。

「地上の出口へは、リアーヌが案内いたします。どうぞ彼のあとについていってくださいまし。侵入者を防ぐためにも、洞窟は複雑な経路になっております。案内者がおりませんと、迷ってしまうかもしれませんから」

2

松明を持ったリアーヌが何度も振り返りながら洞窟の向こうに消えていくのを見送ると、スカールは、最後のひと登りに気合いをいれてとりかかった。

地上へ続く斜面は足がかりはところどころに刻まれているものの滑りやすく、ひどく急で、気をつけて一歩一歩あがっていかなければすぐに滑り落ちてしまう。歯を食いしばり、肩と腕の筋肉を盛り上がらせて、唸り声とともに出口へのひと山を乗り越える。

突然身体の下の地面がなくなり、前のめりに体勢が崩れた。止めることができずに斜面を転がり落ち、草地に投げ出されて悪態をついた。

ため息をつき、見上げると、いま出てきたばかりの地面の穴は大きな切り株と絡み合った根の作る地面の瘤《こぶ》に巧妙に隠されているのがわかった。確かにこれなら、ちょっと見にはそこに出入りできる穴があるとはわかるまい。

さいわい地面が柔らかかったおかげで、あまり痛くない。自分の無様さにぶつぶつ言いながら起き上がり、なくしたものがないか確かめる。剣も短剣も、念のために持ってきた水袋や干し肉もそろっている。身体をはたきながら立ち上がり、周囲を見回した。

あたりは静かな草地で、大きなつやつや光る葉を広げた植物や、見慣れない形の花を咲かせた蔓植物などが茂っている。遠くで鋭い声の鳥が鳴いた。大きな蜂が数匹、花びらの下で花粉にまみれている。湿気をふくんだねっとりと熱い風が吹いてきて、木々の梢を重たげにゆらした。

目を細めると、草原で獲物のあとを追うのに慣れたスカールの目にやっと見えるほどの、細い獣道が草地を横切ってずっと続いているのがわかった。どうやらこれに従っていけばいいようだ。

慎重にスカールは歩き出した。その気になれば腰より高く茂った草原でも、影のようにすばやく音もなく移動できるスカールである。明るい草原の上にゆらめく陽炎《かげろう》のように、彼の歩みは迅速でとらえどころがなかった。あっという間に草地を抜け、すくすくと伸びた高い竹の林がさらさらと葉を鳴らしている間を通り抜ける。しばらく続く竹林を通り抜けて、いくらか開けた場所に出た。

足もとに崩れた漆喰の破片が転がり、釉薬《ゆうやく》のかかった動物の顔の形の瓦が半分に打ち割られて落ちていた。枯れた竹の葉が厚く積み重なった下に、崩れた白い壁と、赤い塗りの剝げた門のあとがあった。どちらも火に焼かれ、徹底的に蹂躙された痕跡がある。太い門柱はなかばで叩き折られ、焦げた表面にわずかな赤い色が残っているばかりだった。

「フェラーラか」

ごく低い声でスカールは呟き、すばやく歩を進めた。足もとでもろくなった漆喰が砕け、瓦のかけらがきしんだ。

崩れのこった壁をまたぎ越えて、フェラーラの都跡に一歩足を踏み入れた。しばらく息をひそめ、あたりを窺ったが、動くものの気配はない。そろそろと動き出す。陽光がかげり、背後で竹林がそよそよと騒いだ。静けさにもかかわらず、首の後ろの毛が逆立つような気がした。

猫のようにひそやかに、豹のごとく大胆に、スカールは壊滅したフェラーラに滑り込んでいった。あたりに見えるのはまばらに草の生えた荒野だったが、近づくにつれて、栄えていた都の残骸が伸び始めた草木の間にまぎれているのがわかった。

キタイ兵がフェラーラを襲ってから一年ばかりと聞いていたが、熱く湿気の強いこのあたりの気候では植物はたくましい。割られた石畳の間からのびた草はすねの半ばまで伸び、焼けた建物の跡から芽を出した若木はもう傘のような枝葉を落ちた瓦屋根の上に広げている。

それでも注意してみれば、かつて殷賑《いんしん》をきわめたフェラーラの名残はいくらでも見て取れた。門のところでも見た、神話的な獣をかたどった飾り瓦の破片がいくつも散らばっていた。装飾的な丸屋根が半分に割れたまま放り出されて草にのまれており、なんらかの装飾品か宗教的な品であるらしい、いくつもの輪のついた短い杖のようなものが緑《ろく》青《しょう》まみれで折れ曲がって落ちていた。

廃棄された荷車が片方車輪をなくして草の間で傾いており、そばには、馬もしくは牛、あるいはそのどちらでもない妙な形の骸骨がばらばらになって散らばっていた。よく見れば、商店のあとらしき品台のあともあった。黒こげになり、叩き割られてはいたが、天井の落ちた屋内には、店主の座る場であるらしい一段高くなった座があり、客の座るらしい細長い腰掛けが、ひっくり返って死んだ獣のように足を天に向けている。

天井の穴から場違いなほど明るい陽光がさしていた。雲母《きらら》をまいたように光の中で塵が舞っている。いたたまれない気がして、スカールは目をそらした。一瞬、ここでにぎやかに交わされていた商売人の会話と、買い物客の喧噪を耳にした気がしたのだった。壁にひっかかっている、破れた壁掛けの残骸が声のない叫びを放っているようだった。東方風の風変わりだが、緻密な織り模様と色を残した壁掛けには、煤《すす》と焦げと、明らかに血と思われる黒い染みが残っていた。

なぜ自分たちがこのような目に遭わなければならないのか、とそれはスカールにうったえるようだった。ただ人と変わらず、ごく普通の日々を生きていただけだったのに、なぜこのように焼かれ踏みにじられ、草に埋もれるままにされなければならなかったのか、と。

「お前たちに罪はない」

低く呟いて、スカールは表通りへ出た。しばし立ち止まって、熱い陽光に顔をさらした。竜王とその軍勢に対する怒りが、潮のようにゆっくりと満ちてくるのがわかった。戦

かつてパロにてキタイの竜騎兵と相対したときは、この身も軍の一兵士であった。戦争の惨禍はなじみのものであり、戦乱が通り過ぎたあとに残る煙火と瓦礫《がれき》は、軍人の目から見れば当然の結果であった。胸は痛み、怒りを覚えたが、それらのまたあとのことは、故郷を離れたさすらい人であったスカールには思い至らぬことであった。

だが戦いの過ぎたあと、人々の何気ない幸福の残骸を、ゆっくりと自然が容赦なく呑み込もうとしている眺めには無情の一言《いちごん》が胸にしみた。草原では人の生き死には自然に織り込まれ、集落や国の盛衰すら大いなるモスの流れの一部として生命の一部とみなされる。だがここは草原ではない。無慈悲ではあるが死者を迎え、また大地に戻してくれるモスもいない。ここはただ乾いた荒廃のみが支配するいたいたしい無人のちまたでしかない。

リー・ファの面影がつかのまなかいをよぎり、スカールは眼を閉じた。リアーヌとナディーン、あの初々しい二人――彼らもまた、罪もない暮らしを、この地で送れるはずであったものを。

用心のため、影を伝うようにしながら、リアーヌに言われたとおり、もとの大通りを下町のほうへと向かう。

キタイ兵には数回遭遇した。どの時も物陰に隠れ、やり過ごしたが。彼らはいまだに廃墟やその周辺を徘徊し、生き残りを捜しているらしかった。数名で班を作り、聞き慣れない言語でしゃべりながら、房のついた剣や槍をきらめかせている。皆、丸くててっぺんのとがった真鍮色の兜をかぶり、金属の小札《こざね》を皮に縫いつけたものを胸と背中につけて、汚れた脚絆《きゃはん》を巻いている。

兜のてっぺんに赤い絹がなびいている者がまじっていたが、これが指揮官であるらしい。ほかの者より細工の凝った甲冑を身につけ、兜の下からキタイ人特有の髪型である、髪の一部を長く伸ばして編んだ弁髪と呼ばれるしっぽのような編み髪を垂らしている。

（地上へ出て戻ってこなかったものもいると言っていたな）

おそらく彼らはまだ、フェラーラの生き残りがどこかにいることを知っているのだろう。そして最後の一人までも、殺し尽くすつもりでいるようだ。だがなぜだ、とふとスカールは疑問に思った。

（なぜ、それほどまで徹底的にフェラーラを滅さなければならない？）

フェラーラはさほど重要な都市ではない。ほかに暮らす場所のない、リアーヌやナディーン、妖魔との混血の人々にとっては代えがたい場所だろうが、竜王にとってはごくちっぽけな、爪先にも足りない存在のはずだ。ここまで徹底的に破壊せずとも、おとなしいフェラーラの民は軍に包囲されただけで降伏し、竜王の支配をひれ伏して受け入れたことだろう。

話に聞けば、グインの来訪前からすでにリリト・デア女王は竜王への貢献を行い、毎年美しい処女や若者を謎の新都シーアン――竜王が建設中だという、キタイの新たな首都へ送り出していたという。ならばなおのこと、なぜいきなり軍を向けて攻め寄せ、民人を皆殺しにするまでの必要があったのか。フェラーラはすでに竜王の手の内であったのに。

（グインの来訪が鍵なのか。それともアーナーダの死が）

おそらく前者だ、スカールはそう結論づけた。グインは運命を揺り動かす。おのれ自身のそれはもちろん、他者の運命をもはげしくゆさぶる。アーナーダの死を発見したのがたまたまグインであっただけで、フェラーラの滅亡は、グインがこの都市に足を踏み入れた瞬間に定められたのであったのではないか。

竜王その人が、なんとかしてグインを手にしようとグラチウスほか、さまざまな勢力としのぎを削っていることは知っている。グインがフェラーラに足跡を記したことが、起こり得べきことの連鎖の上の何らかの引き金を動かし、竜王をしてフェラーラの破壊に走らせたのではないか。

街の大通りは尽きようとしているらしかった。見て取れる大きな建物の跡はすくなくなり、それよりもっとささやかな、それによってなおさら悲惨な、住民たちがふだんの暮らしをいとなんでいたしもたやや長屋、二階建てや三階建ての集合住宅などが草深い中に札を倒したように重なり合って埋もれていた。心に深い痛みを感じながらスカールはそれらの間を通り抜け、模様のついた什器や子供の玩具、朽ちた衣類などが投げ出されているのを見ても足を止めないようにした。臑《すね》のまわりで草がささやき、スカールの代わりにすすり泣いた。

リアーヌが言っていた神殿の塔は見えなかったが、ずっと右手の奥の方に、ひときわ高く茂った木立があるのが見えた。例の風変わりな竹の林もひしめいている。おそらくあの中が、アウラ・シャー神殿の跡だろう。

通りをはずれて郊外に出ると、赤土でできた条《すじ》が縦横に走り、白く粉を吹いた土が広がる荒地に出た。

ほかではあれだけ繁茂していた草木が、ここでは一本も生えていない。神殿のあるらしい林が、ここからまっすぐ見通せる。白く焼けて固まった土の上に、牛馬らしき骨や鋤鍬《すきくわ》の残骸が放り出されている。

スカールは身をかがめ、白い粉を吹いた土を少量とって慎重に舌に乗せてみた。顔をしかめて唾を吐いた。えぐい苦みと塩辛さが口に残った。

「塩か！」

この一帯はゆたかな田畑が広がっていたらしい。赤土の条はおそらく水路だ。キタイ軍は都市を焼き、人々を殺戮するのみならず、土地に塩水を撒き、水路を埋めて、二度となにもここでは作れぬようにしたらしい。なぜそこまでしてフェラーラを完全に人の住めぬ土地にしなければならなかったのかという疑問が、スカールの中でまたふくらんだ。

陽光のもとで白々と焼かれる死んだ土地を通り抜け、また竹林に入った。ほっとするような涼しい風が吹き抜けた。なにか、言葉にできぬなつかしい力がスカールを引っ張っていた。足を速める。大股に竹林を抜け、明るく開けた場所に歩み入る。そこにアウラ・シャー神殿の白い建物が、打ち壊された今もおかしがたい優雅さと威厳を保ちつつ、残っていた。

＊

神殿の階《きざはし》は壊され、列柱はすべて引き倒されていたが、この場所に加えられた暴虐は都市部よりもずっと少なかった。神殿を覆う丸屋根も大きな穴はあいていたが形を保っており、壁にも火の跡や破壊の跡が多々見えるが、完全に崩れているわけではない。全体として、ここは今もまだ聖地であり、女神の宮であり、神のいます場所としての清浄さを失っていないように思えた。

　年月に浸食された鰐神の神殿の方がずっと荒涼とした雰囲気をたたえていた。心ない手に蹂躙されながらも、なお凜とした気品を失わない貴婦人を思わせる風景だった。欠けた階の前で、我にもあらずスカールはためらった。無人であることによってかえって聖性を高めたように思えるこの場所に、無遠慮に足を踏み入れることは冒瀆であるように感じたのだ。

　だがそれはばかげている。ひとつ大きく息を吸うと、意を決して段をまたぎ、涼しい薄闇の中に踏み入った。

　内部はかなり荒らされていた。キタイ風というより、中原のパロを思わせる繊細な彫刻や、猫神の姿を描いた壁掛け、祭壇、弓形の通路や水盤は一つ一つ執拗なまでにひっくり返され、打ち砕かれてばらまかれていた。

　信者の額づく台はまっぷたつにされ、部屋の左右に引き離されて放り出されている。正面には猫神の像があったらしいが、それこそ念入りに細かく砕かれてしまっていて、砂とわずかな破片しか残っていなかった。

　スカールは涼しい空気に鼻をうごめかしながらしばらく立ってあたりを窺っていた。キタイ兵の気配は、今はない。アウラ・シャー神殿にはことにキタイ兵が目を光らせているようですからご用心を、と道々リアーヌから警告を受けていたのだが、とりあえず、今のところ危険はないようだ。

礼拝堂から神殿の奥へと通じる通路はどれも崩されて、石と泥で念入りに塞がれている。塩をまかれた田畑同様、その異常な執拗さに目を留めながら、スカールはかくしに手を入れ、紐のついた手のひらほどの円盤を引き出した。出がけに、ナディーンから託された品だ。

『父よりわたくしに預けられた品でございます』とナディーンは言っていた。

『これがあれば神殿の秘められた奥宮、高位の神官のみに許された、女神との交神の間に入ることができます。これはごく一部の者しか知らぬこと、わたくしも、父が祭司長でなければ知ることもございませんでしたでしょう。父は死のまぎわにこれをわたくしに託し、誰の手にもわたらぬよう、命をかけても守るようにと命じました。けれどもスカール様、あなた様でしたら、きっと父も許してくれることと存じます。どうぞお持ちください。女神はその間にて神官たちの前にそのおん姿を顕され、親しく言葉をかわされるということでございました』

ナディーンのすがるような声と目つきを思い出しながら、スカールは円盤のふちを指でたどった。

厚みのある黄金の円盤で、横を向いた猫の顔が浮き出しになっている。その周囲をぐるりと取り巻いて、すり減って読めない祈りの聖句らしいものが刻まれ、縁にも同様に細かく文字が刻まれている。

裏を返すと、奇妙な猫の目のように中で光が動く金茶色の石がぴったりとはめ込まれている。動かすと、光の筋がそれにつれて動くので、大きな獣の目か、つややかな毛皮の一部のようにも見える。

スカールはそれを手につかんだまま、破壊された猫神の神像の後ろにまわった。膝をついて手を床にすべらせ、石材のすきまや壁、像の台の表面などを注意深く指先で調べてゆく。

しばらくあてもなく探り回るうちに、指先がほんのかすかな窪み、それと知っておらねばけっして常人には気づかれないであろう、微妙なしるしを探り当てた。

手にした黄金の円盤をその上にかざす。やや待つうちに、金茶色の石がかすかに光を放ちはじめ、呼応するように、床のかすかな印も光を帯びた。やがて円形のしるしがくっきりと浮かび上がり、青い燐光を放ってちらちらと揺らめいた。円形の中に横を向いた猫の顔。円盤と同じだ。

スカールはその上に正確に重なるように、円盤を重ねた。しるしと触れあうと、円盤は古びてくすんだ色合いを脱した。黄金の猫は燦然と輝き、耳や眼を動かして、自分にふたたび生命を与えた者は誰であるか探ろうとしているように思えた。

またたきの間に、そこに人ひとり通れるだけの空間が開いていた。扉の存在などかけらも感じなかった床の上である。超自然的なそれであることを示すかのように、空間のふちは切り取られたようになめらかで、黒曜石のように黒く、透明な艶をおびていた。中にはずっと下方へと続く、同じ黒い石でできた階段が続いている。

用心しながら円盤をとりあげ、ふたたびかくしにしまうと、スカールは階段に足をのせた。多少おっかなびっくりの行為ではあったが、黒い階段は確かにしっかりと足を支えてくれた。

自信を得て二歩、三歩と進む。数段降りて、完全に身体が床の下へ入ったとたん、唐突に入り口が消失した。さすがに驚いて手を伸ばす。何も触れなかった。背後には先に続くのと同じ階段が延々と続いているばかりで、今入ってきた入り口などどこにも存在しない。スカールは肩をすくめ、手を引っ込めた。

(魔道か、それとも、女神の聖なる力というやつか)

いずれにせよ、考えても無駄なことだ。今はとにかく進むしかない。

ゆっくりと、足下を確かめながら階段を下っていった。一段一段のふちはかすかな燐光を帯び、暗黒の中にぼんやりとゆくべき道を示していた。床は薄い黒水晶のように半透明で、そのむこうで、星か、彗星のような小さな光がひっきりなしに動き回っていた。

進むごとに、足下だけではなく、左右の壁（壁？）や天井（天井？）にもその光はくっきりと燃えはじめた。最初、細い通路にただ階段が下っているだけと感じた空間は、実は驚くほどの光と運動に満ちていた。左右の壁に触れ、その冷たくなめらかな感じを味わうことはできたが、本当にそこに存在しているとはどうしても思えなかった。指先からぱちぱちと火花が散り、透明な障壁のむこうの星々の舞踏に加わった。

長い時間が経ったのかもしれないが、スカールは階段を降りはじめてからというもの、時間の感覚というものを失っていた。操り人形のように一歩一歩足をおろし、周囲を飛びかう星々のあらゆる色をした炎に幻惑されつつ歩を進めるだけだった。

脳裏でかすかに、あのノスフェラスで体験した異様な空間の記憶が蘇った――が、この場ではそれは彼の心を苦しめなかった。暗黒の宇宙にほの白く光る階段と、飛び回る星々は確実に彼を歓迎し、定められた場所へ導こうとしている。それが信じられた。

またひとつふたつの永劫が過ぎたと思えるころ、階段の終点が見えてきた。四角い、緑色の石でできた門で、碧玉《ジャスパー》のように見えたが、誰かがその上で血を流しでもしたように、鮮やかな赤い筋がいくつも走っている。近づいていくと、それは生き物のように身震いし、唸り、番犬のように接近者に向かって威嚇の意志を示していた。

スカールはとっさにかくしからあの黄金の円盤を取り出し、門に向かって掲げてみせた。門は明らかになんらかの知覚力を持っていたらしく、たちまち静かになったが、スカールが通り過ぎるときには、いかにも不快そうな低いブーンという唸りを発するのを忘れなかった。

「よしよし」不機嫌な飼い犬をなだめるようにスカールは囁いた。「お前がここの番人というわけだな。この円盤を持っていない者はあの階段の途中に置き去りにされるのか。あまりありがたくない運命だが、女神はそれをお望みなのかね？」

門はかたくなに黙っていた。ポンとなめらかな表面をたたいて、スカールは女神との対面の間に足を踏み入れた。

がらんとした部屋だった。予想していたような宗教的な装飾や、神像、画像、その他のものはいっさい置かれていない。全体がこれまで通ってきた階段と似ているが、もっと不透明な黒い石でできており、不透明な黒い硝子の函のようだった。

床は女神が登場する座であるらしい一段高くなった部分と、それ以外の場所に分かれているだけで、家具らしきものは見あたらない。

スカールはしばし立ち尽くした。女神の間にたどりついたとして、そこからどうすべきなのかは、さすがにナディーンも話すことはできなかったからだ。ここに入った神官たちがどうやって女神を喚びだしていたのか、一介の戦士であるスカールには見当もつかない。

『そなたは誰です？』

いきなり鋭い声が飛んだ。

氷の槍を背筋に突きこまれたような気がしてスカールはくるりと踵《かかと》で回った。なめらかな床の上で踵がきしんだ。その音が異様に大きく、耳障りに響いて、思わず顔をしかめ、それから目を見開いて口をあけた。

『そなたは誰です？　なぜ、このお告げの間に入り込んだのですか？』

3

一段高くなった床の上に、なんの前兆もなく、輝く人影が出現していた。

若い女のたおやかな肢体をうすい虹色に輝く衣が包み、少女のような小さな胸は幾重にも重なった衣の襞に隠れている。

割れた裾からは形のいい長い足がすらりと伸び、宝石を連ねた鎖だけをつけた裸足は眩しいほどに白かった。胸の上には次々と色彩を変える奇妙な石をはめ込んだ飾りをつけ、両肩を白い肩衣で覆っている。

だが、その頭は、猫だった。真っ白な和毛に覆われ、三角のとがった耳と薄桃色の鼻、ぴんと張った髭をそなえた完全な猫。怒った猫の常で、耳を後ろに倒し気味にし、髭を逆立て、鼻面に皺をよせて牙をわずかに見せている。

その眼は黄昏の空の緑色の星。突き刺すような視線にもかかわらず、スカールはその美しさと威厳に打たれた。猫頭の女神アウラ・シャー。これが神殿の主。

『そなたは神官ではない』

女神はきつい口調で言った。詰問ではなく確認だった。

『それなのに、神官たちしか持っていないこの空間への鍵を持っている。どうやってそれを手に入れたのです？　たとえそれを手にしたとしても、この地とわたくしの神殿が許さなければ道は開かないはず。そなたはなぜここに入れたのですか？　お答えなさい、人間よ』

「失礼した、女神よ」

しばし呆然としていたことに気づいて、スカールはあわてて額に両手をあてる草原式の礼をとった。

「我が名はスカール。草原のアルゴスの生まれで、草原の鷹と呼ぶ者もいる。かつては黒太子と呼ばれたこともある。俺は、俺が抱えているいくつかの謎について、あなたが何らかの知識を与えてくれるのではないかと考え、参上した。ここへの鍵とは、この円盤のことだろうか」

かくしから引き出した円盤を掲げてみせる。

「これは祭司長アーミスの娘ナディーンより、俺に託されたものだ。神殿が壊滅した今、残っているのはこれだけらしい。神官でもない人間が使うのはあなたへの不敬だというなら許してほしい、しかし俺は、自分でも抱えきれない謎の重みを、いくらかでも軽くしたいのだ」

『おお』

輝く猫の女神は小さくよろめき、手をあげて口をおおった。

両肩にかかった白い衣がそよぎ、スカールはそれが、衣ではなく畳まれた純白の翼だということに気づいた。そういえば、ナディーンはアウラ・シャーのことを、猫頭と白い翼を持つ女神だと言っていた。

『神殿が壊滅。それは本当なのですか』

女神の声はかすかに震えていた。

「そうだ」

女神がそのことを知らなかったらしいのに内心驚きつつ、スカールは答えた。

「一年ほど前にキタイ軍がこのフェラーラを包囲し、都市もろとも住民を虐殺して、この神殿も破壊された。俺は地上の都市の跡を通り抜け、神殿の残骸も見た。あなたの神像は砕かれ、原型も残っていなかった。俺はその神像の後ろにあったしるしを探り当て、ナディーンに教えられたとおりにその上にこの円盤を掲げたら、床が開き、ここへと続く黒い石の階段が現れたのだ」

『なんということ』

顔を覆ったまま震える声で女神は呟き、ようやく顔をあげてスカールを見た。まるで初めて見るようにまじまじと真正面から見つめられ、身動きもできずにスカールはその場に射すくめられたように動けなかった。

『……わかりました』

長い凝視のすえ、女神はようやく身体の力を抜いて、ふっとため息をつくような仕草をした。両腕を広げ、見えない大きな椅子に身体を投げ出すような姿勢になる。その時になってようやく、スカールは、女神の輝く爪先が床についていないのを知った。

『それでわたくしはこんなにも長い間喚び起こされなかったのですね。前回の起動は約六十八万三千五百二十八分《タルザン》も前のこと。長き空白に、そのような災厄がフェラーラを襲っていたとは。リリト・デア女王はどうなりました？　祭司長の娘に鍵の円盤を貰ったといいましたね。ほかに、住民に生き残りはいるのですか？』

「少数の者が、この神殿の隠し通路から脱出し、鰐神の神殿跡に身を隠している」

なぜ自分の方が女神に状況報告することになっているのか意味がわからない。神とは、なんでも知っているから神ではないのか？

「リリト・デア女王は近侍の者に救い出されて無事だが、重い病気にかかっている。詳細はわからんが、おそらく死に至る病だろう。フェラーラが失われたことも、彼女に打撃を与えたようだ。先ほど言った祭司長の娘ナディーンと、その恋人であるリアーヌが彼女の世話をしている。ほかにも多少ながら生き残りはいる。みなひどく打ちひしがれているが」

女神は両肩の翼をそよがせ、己を抱くように腕を回してすすり泣くようなため息をついた。身を丸め、そのままうつむいて何も言おうとしない。しばらくスカールは答えを待ったが、猫神の倒された耳と震える翼はかたく身体に沿ったまま、なかなか開こうとしなかった。

「失礼だが、女神よ、なぜこの地の神であるあなたがフェラーラを襲った悲劇に関してこうも無知なのか、理解に苦しむ」

待っても続く沈黙に、とうとうスカールは堪忍袋の緒を切らした。

「神であれば自らを信ずる者を守るのが筋であろう。もしもその力がないとしても、自身の神殿があれだけ汚され、破壊されたというのに、そのことさえも知らないとは、いったいどういうことなのだ」

『……それは、わたくしが、女神そのものではないからです。アルゴスのスカールよ』

女神はようやく顔をあげて、弱々しくほほえんだ。猫の顔であっても、その微笑は哀しく、美しかった。スカールは驚いた。

「女神そのものではない？　では、今俺の目の前にいるあなたはなんなのだ。この間で女神は神官たちの前に降り、神託を与える、そうなっていたのではないのか」

『ええ、そうです。それをやっていたのはわたくし。でも、わたくしは女神本体ではないのです』

胸をおさえて、猫の頭をそっと振る。

『本物のアウラ・シャー、四千年前に星船に乗って降りてきた暁の女神は、年月の経過に耐えきれず、今は別の空間に本体を移して眠っています。このわたくしは、人間たちの信仰に応え、彼らの求める問いに裁断を下すように作られた、一種の——にすぎません』

女神の姿をした者が口にした一言はきわめて異様で聞き取りにくく、スカールには理解できなかった。

「その、なんとか言うなにか、は、つまりなんなのだ。女神の代わりに人々に応えていたということは、女神の使いの精霊か何かなのか、それとも、女神おん自らが産み出された影ということか」

『どうぞ、そのようなものだと思っていただければ』

ほっとしたように女神の影は言った。

『アウラ・シャー本体が人間の生命力に耐えきれぬほど弱り、隔離領域へこもることを決めたときに、わたくしが生み出されました。わたくしは女神の知識すべてを持たされているわけではありませんが、人々が求める程度の問いの答えや争いの裁定、天候や災害に関する予知、多少の未来予測ができるくらいの機能は備えています。そうしてアウラ・シャーはわたくしに愛する民人の幸福を託し、永い眠りに入ったのです』

「くそっ！」

思わず大声で呪いの言葉を吐き、我に返ってスカールは謝罪した。

「申し訳ない。ただ、俺はここに来れば女神に会い、この胸の中にずっと腫瘍のように埋もれている謎を解く鍵が見つかるかと思っていたのだ。だが、失礼ながら女神ならぬその影では、あまり役には立ちそうにない。念のために問うのだが、アウラ、あるいはアウラ・シャー女神とは、グインとなにか関係がある存在なのか？　あるいは」

一瞬ためらって、スカールはその名を口に上《のぼ》せた。

「あるいは、ノスフェラス――グル・ヌーの秘密と？」

一瞬女神の影が凍りついた。

輝く影が明滅し、半透明になり、また濃くなった。猫の顔は無表情になり、獣がみな備えているあの超然とした形だけが残った。ひと呼吸のうちに動きが戻った。

『それは禁止事項です』

抑揚のない声で女神の影は言った。

「なんだと、禁止事項？　どういう意味だ？　話せないということか？」

『禁止事項です』

同じ調子で影は繰り返し、急に生物らしさと色彩を取り戻して、肩を落としてため息をついた。肩を覆う翼が垂れ下がってさらさらと鳴った。

『申し訳ありません、アルゴスのスカール。わたくしはあくまで女神から生み出された代理構成体にすぎません。わたくしの機能には一定の制限がかけられています。いくつかの単語や関連する情報もそれらに含まれます。先ほどあなたが出した地名、およびそれに関するいっさいのことは、わたくしには口に出せない事柄なのです』

「知らん、ということか？」スカールは歯をむき出した。

『アウラ・シャー本体ならばお話しできたでしょう、彼女ならすべての情報に接触できる権利を持っています。けれどもわたくしに許可されているのはあくまでフェラーラの護持と民の求めに応えるのに必要な域まで』

またいくつか耳慣れない単語を織り交ぜながら、気の毒そうに影は首を振った。

『それにキタイ兵および――、――、――、ここでは竜王ヤンダル・ゾッグと称している――』

その異様な数音節の言語――言語というよりほとんど物質的な力を持った、なにか――が発されたとたん、スカールの眼前が暗くなり、明るくなり、苦痛のまばゆい白さでたちまち一色に塗りつぶされた。

自分の身体が勝手に跳ね上がり、意味のない叫び声を発しているのをぼんやり意識した。巨大な炎をまとった不可視の拳が頭脳と内臓を一度に握りつぶそうとしているかのようだった。

倒れた身体が床の上でのたうち、手足がなめらかな黒い石を叩くのが別世界のことに感じる。頭の中では極彩色の暗黒が渦を巻き、それは今にも狂気の淵へむかってなだれ落ちようとしていた。

苦痛がふっと失せた。

ぐったりと伸びた身体が宙に浮き上がり、何らかの力で楽な姿勢に支えられる。呻きながら手探りで起きあがろうとすると、優しいが断固としたやり方で肩を押さえられた。

『申し訳ありません』

いささかあわてたような声がした。視界が薄赤い色に染まっている。手をあげてぬぐうと、指先に血がついてきた。スカールはまばたきしながら、ちらつく視界に女神の影を捜した。

『損傷を修復中……彼らが基盤としている一般存在概念が、あなたがた人間にとっては時に致命的になりうることにもっと留意すべきでした。申し訳ありません、アルゴスのスカール』

「今の……今の、なにかが、竜王の真の名か」

喉が胃液で焼けている。スカールは不明瞭に呟き、口に流れ込んできた血を無意識に舐めた。

「竜王の名は不用意に口にせぬほうがよいと老師に言われたことがあるが、どうやら本当のようだな。耳にしただけでこのざまでは、舌に乗せたとたんにその場で五体が裂けている」

『人間の発声器官では、いずれにせよ彼らの種族の言語は発せません』

いささか見当はずれに女神の影は指摘した。

『ヤンダル・ゾッグという名は、彼の真の名をこの地の言語で発音できる形に修正したものですが、それでもあなたがたにとってはある程度の威力を持つようですね』

「種族と言ったな」

口の中の鉄の味を唾といっしょに吐き出したい誘惑と戦いながらスカールは言った。

「それではあの——竜王、は一人ではなく、多くの同族がほかにいるというのか」

『わたくしたち女神が、五人の姉妹であるように』

女神の影は白猫の頭をうなずかせて手を広げた。白い翼がそよぎ、光背のように大きく立ち上がって輝いた。

『女神アウラ・カーを長姉とした暁の五人の姉妹、それがわたくしたちです。アウラ・シャーは末の妹、もっとも力弱いひとりにすぎませんが。むろんほかにも同族とは行かずとも、同じような種族はいくつかおります。鰐神としてこの地に君臨したアクメットもその一員。中原にてヤヌス十二神として信仰されている者たちも。わたくしどももはかつて魔道王国カナン華やかなりしころ、またそれ以前からも相次いでこの星に降り立ち、人々の間を歩いて、それぞれのやり方で文明の発展を助け、技術や知恵を分け与えてまいりました』

「だが、竜王はそれをすべて打ち壊そうとしている」

不機嫌にスカールは言った。

「そしてどういう意図があるのかわからんが、この地上のすべてを手に入れ、自分の好きなように塗り替えようとしている。どうやらアウラ・シャーは穏やかな神だったようだが、鰐神アクメットとやらはかなり悪趣味な奴だったようだし、かの竜王の悪辣ぶりときたら格別もいいところだ。

つまり女神の影よ、あなたがた神の一族も一枚岩ではない、そういうことか？　神々同士にも争いがあり、ここでもまだ続けているというなら、どうか頼むからよそでやってくれ。われわれ人間は知ってのとおりきわめて脆く壊れやすい種族だ、あなたがた神々の玩具にされるのは少々理不尽というものだろう」

『それは……そのことについては、きわめて微妙な話になるのです、アルゴスのスカール』

一瞬またたき、光を薄くしてから、影はまたもとの濃さを取り戻した。ためらっているようにも見えた。あるいは言葉を捜しているようにも。

女神そのものではなく、一種使い魔のようなものであるらしいこの影には、口にできないことがいくつかあるのはすでにわかっている。その『禁止事項』とやらに触れないようにした上で、スカールに伝えていいものかどうか、逡巡しているかに思えた。

『わたくしが女神本体ではないことは言いましたね』

やがて、思い切ったように影は言った。

「まあ、そのように聞いたな」

『わたくしの話せることには制限があることも』

「それも聞いた」

『よろしいですか、アルゴスのスカール。わたくしは単なる女神の――、代理体にすぎません。しかし、女神もまた、長い年月の間には人間も、人間の世も変化して行くであろうことを承知していました。そのため、わたくしには、多少の論理基準変換性が設定されているのです』

「なにが設定されているって？」

『言ってみれば、成長の余地、学習する機能、それによってある程度は対応を変化させることができること、です』

ふたたび出てきた奇妙な言語を、女神の影はそう説明した。

『あなたと会見している間に、わたくしは休眠していた間の情報を収集し、再構成しました。グイン義兄《にい》様がこの地を踏まれたことはそれで知りました。この地で義兄様が何をなされたか、そして、あなたがたが魔道と呼ぶ力で、キタイの奥ホータンへと飛ばされたことも』

「義兄様？」

聞き慣れない単語が入り交じる影の言葉の中の一言を、スカールは聞き咎めた。

「義兄《あに》とはどういう意味だ。先ほど、アウラ女神は五人の姉妹だと言ったな。アウラ・シャーはその末妹だとも。ではグインは、そのアウラ女神の一柱の、夫か何かででもあるのか？」

『禁止事項です』

間髪をいれずに抑揚のない返事が返り、女神の影は胸をおさえて息をついた。

『微妙な話なのです、アルゴスのスカール』

ややあって上げた猫の顔の緑色の瞳は憂うように陰っていた。

『もし設定されたばかりのわたくしであれば、あなたを神域を侵した侵入者として躊躇なく排除していたでしょう。けれども眠りに入った女神の代わりに数百年、ここで人間たちの相手をするうちに、わたくしもまた変容せざるを得ませんでした。そしていま、わたくしはフェラーラの壊滅と神殿の破壊、竜王の暴虐という新たな要因を与えられ、わたくしは自らの論理拡張機能を大幅に再構成せざるを得なくなっています』

「まわりくどいな。何がいいたい、女神の影よ」

身体を押さえていた力場が消滅した。スカールは生き返ったような心地で床に降り立った。旅の疲れや心労が一時に洗い流され、新しい身体を与えられたかのような気分だった。爪の先まで力がみなぎり、ノスフェラスで病を得てからどこかにいつも染み着いていた冷たさがどこかへ流れ去っていた。いずれ流れ戻って来るであろうという予感はあったが。

頭を振って首の関節を鳴らしながら、

「言いたいことがあればさっさと言ってくれ。禁止事項とやらがあるのはどうしようもないのかもしれんが、それでも何か、ひどくもの言いたげな顔に見えるようだぞ」

『……わたくしが休眠状態の間に、女神本体が、魔道によって転送される途中の義兄様に呼びかけたようなのです』

言葉の一つ一つが鉛でできているかのように、女神の影はひどくゆっくりと口を動かした。

『もちろん、下位存在であるわたくしには、その会話は関知できません。けれども、女神が目覚め、語ったこと、そのこと自体がまずありえないことなのです。この地に降りて四千年、女神本体はもはや人間の強すぎる生命力に耐えられず、隔離空間に引きこもってすべてを遮断しているのです。しかし、その遮断がつかの間でも開かれ、女神の言葉が義兄様に届いたとしたら、それは、動かしがたい運命の織り目を、ひとつ掛け違わせることになるかもしれません。神々にさえ触れられぬ刻の結び目を』

「よくわからんが、グインがすべての運命を変化させていくことは知っている。あれは、そういう男だからな」

スカールは言った。

「グインに触れた者、グインと関わった者は多かれ少なかれ彼の影響を受け、大きな運命に巻き込まれていく。そしてあのザザ、黄昏の国の大鴉が言うには、グインはすべての地の王であり、俺はグインの対となる星であり、〈北の豹〉に対する〈南の鷹〉なのだそうだ。俺とグインが出会えば新たな〈会〉が起こり、世界は大きく揺れ動く、と。ナディーンやイェライシャ、ロカンドラス、あのグラチウスまでもが、俺をそのように扱う」

輝く女神の影は優美な三角の耳を前に倒したまましっと動かずにいた。スカールは声を大きくした。

「女神の影よ、俺は草原に生まれたただの人間の男だ。グインがアウラ・シャーに義兄と呼ばれる存在であり、神の一族なのであれば、なぜ俺のようなただの人間と、あの超戦士とが対星と呼ばれる。グインは何故にこの地に来たり、何故に過去を失い、自らが何者であるか、何者であったかを奪われてさまよっているのだ。この地の魔道師、竜王、神、なんでもよい、力をもとめるあらゆる存在が争って手にしようとするほどの莫大な力を相変わらず有しながら、何故に彼は自分自身に対して何も知ることを許されておらんのだ」

『……アウラ、とは、女神の名のみでは、――ありま、――せん』

唐突に女神の影は言った。その声はそれまでのなめらかな清流のように澄んだ声ではなく、妙にざらついて、雑音や不自然な中断が混じっていた。

『そして、グイン義兄様、も、正確には、わたくしたち、の』

激しい雑音が言葉をさえぎり、影は耳を突き刺す高音域の悲鳴めいた音をもらして停止した。半透明に近くなった姿が明滅し、今にも消えそうに暗くなり、固まったままの身体が赤や緑の乱れ飛ぶ縞に分解されて乱れた。スカールは思わず、生きている人間を相手にすると同じように、飛んでいって相手を支えようとした。

『――禁止事項です』

無感動な声が告げ、影はまたいきなりもとの姿を取り戻した。再びはっきりした姿になった影は、今の言葉を告げるのにかなりの力を使ったと見えて、肩をおとして苦しげな息をついていた。

『申し訳ありません、アルゴスのスカール。わたくしに許されるのは、どうやらここまでのようです。たった今、禁止事項が更新され、新たな事項が多数付け加えられました。おそらく、二度と口にすることはできないでしょう』

「一度で充分だ。よく教えてくれた」

　相手が人間ではないし、おそらくは生き物でもないとうすうす感じつつ、スカールは感動していた。

「あとは俺がなんとか調べをつければいいことだ。俺とて一度や二度の挑戦でこの謎が解けるとは思ってはいない。どうやらグインとは、神の一族でさえ超越する何者かであるらしいことはわかった。いずれまた何らかの鍵が見つかることだろう。俺自身、どうやらその鍵のひとつであるらしいと皆が言っていることだしな」

『それにおすがりするしかないようですね』

　陰った猫の瞳が細くなり、笑いに似た表情を浮かべた。

『アルゴスのスカール、わたくしたち神と呼ばれる種族は、あなたがたに神と呼ばれるだけの力と知恵を持ち、長い寿命を保ちはしますが、人間ともっとも違う点は、不変である、ということです。どんなに時代が移り、世界が変わろうと、神々は変わることができません。けれどもグイン義兄様は、そして人間たちは、違います。それがおそらく、神々の支配からあなたがたがしだいに脱し、新しい時代を築きはじめている理由なのでしょう。しかし――』

「それを押さえ込んで、あくまで自分の支配のもとに置こうとたくらむ者もいるということだな。そして自分の望むように世界を作り直すために、神々をも超越するグインの力が必要だと」

　影の声がふたたび割れはじめたのに気づいて、スカールは急いで言った。影は黙ってじっとうつむいていたが、その沈黙は肯定を意味しているように感じられた。

「グインは運命を変える。そして俺はどうやら、その一端に加わるらしい。神々が不変であり、グインと人間たちが変化し生き延びていく者であれば、俺たち人間とグインとの間で、神々の関知せぬ新しい変化が起きていても不思議ではあるまい。〈北の豹と南の鷹〉。さんざん聞かされた言葉だが、どうやらこれは、神々の規定したことではなく、竜王の反応から推定するに、あやつにとっては避けたい事態であるらしい」

　小さくため息をつく。

「俺としてはあの――荒野――の中心で見た謎のいくらかなりと解明できるかと思ってここにきたのだが、それとは別に、思わぬ情報が手に入った。感謝する、女神よ、あるいは影殿と言ったほうがいいのか。

　ところで確認しておきたいのだが、今からでもフェラーラを席巻するキタイ兵を一掃し、生き残った市民を新たな地へ導いてやることはできんのか。彼らは女王の死を目前にし、すっかり絶望しきっている。アウラ・シャーはこの土地の守護神なのだろうに」

『今のわたくしには、もはやその力は残されていません』

　哀しげに影はかぶりを振った。

『彼、竜王の手によるものでしょう、わたくしの地上の眼がほとんど破壊されて機能を停止しています。キタイ兵の襲撃の時、わたくしが緊急起動しなかったのもそのせいでしょう。人間に害を与えないのはわたくしにとって第一の行動原理ですが、自己防衛とフェラーラ存続のためであれば、戦闘に入ることも許可されています。けれども、現在、まだ機能しているわずかな端末から集めた情報を統合して現状を分析中ですが、そもそも圧倒的に力が足りません。防衛できるのはせいぜい、この神殿とその周辺がやっとでしょう』

「力が足りないとはどういうことだ。本体が眠りについているからか」

『神々の一族は、人間たちの精神力、愛慕の心、生命力、そういったものから活力を得ているのです』

影は言った。

『ですから信仰する者のいなくなった神は存在を続けることができません。消え失せることはありませんが、その場から立ち去るか、眠りに入るしかないのです。アウラ・シャーは長い間この地にとどまり、人々の信仰を集めましたが、あまりに人間の精神力を受けすぎて、ひどく弱ってしまいました。アウラ・シャーが処女神と呼ばれるのは、女として目覚めた者の強すぎる生命力に、もはや彼女が耐えられなくなってしまったからです。けっして性的なことを見下しているわけではないのですが、人間たちにはそのように解されてしまいました』

「ザザに教えてやろう。あいつはその点を大いに不満に思っていたようだから」

にやりとしてスカールは言い、頬を引き締めた。

「するとつまり、フェラーラをキタイから守るだけの力は、今はもうないということなのか？」

『フェラーラにまだ市民が残っていたならばまだ話は違ったかもしれませんが』

影は哀しげに翼を震わせて身体にきつく引き寄せた。

『キタイ兵が都市を打ち壊し、徹底的にフェラーラに人が戻ってこれぬようにしたのも、アウラ・シャー女神が万が一にも目覚め、自らの民を守るために立ち上がることを危惧したからでしょう。都市の破壊だけではなく、水路も埋められ、畑に塩が撒かれていますね？』

「ああ。俺もここに来るときに見た」

舌を刺した塩の苦みを思い出して、スカールは顔をしかめた。

『竜王はアウラ・シャーが人民に支えられて自分に立ち向かってくる可能性を完全になくしたいのでしょう。アウラ・シャーはこの地から離れることができません。人々が二度と戻ってこられないように遠くに追いやり、住むこともできないように土地を殺すことで、アウラ・シャーが二度と人の心を集めることがないよう、念を入れているのです。

フェラーラの生き残りたちをしつこく追い立てて殺戮しているのも、それが原因かと思われます。アクメットはここを去って久しいですし、ここにいる神族はアウラ・シャーただ一人ですから』

スカールは歯ぎしりした。竜王と呼ばれる異界の王の冷酷なやりくちと、自らの目的のためになんの罪もないフェラーラの人々を根絶しようとしているそのやり方にも吐き気がした。

『けれども、生き残ったものたちを救う道なら、まだあるかもしれません』

ふいに影の声が神々しいまばゆさを帯びた。スカールはぎょっとし、反射的に背筋を伸ばして起立した。女神の影は段の上で立ち上がり、緑色の猫の眸《ひとみ》に星の光をまたたかせて、スカールを見つめていた。

『わたくしには多少の未来予測――あなたがた風に言えば、予見の力が与えられているといいましたね、アルゴスのスカール』

本物の女神と見まごうばかりの力に満ちた姿と声だった。スカールはすかさず拝跪《はいき》し、神託を受ける者の姿勢をとった。

『あなたに予見を下します、アルゴスのスカール』

暗い函の中に輝くような女神の声が響いた。

『最後の女王が子を産むでしょう。あなたは約束されし三つの宝石《いし》のひとつを手に入れ、それによって、打ちひしがれたフェラーラの民を新たな天地へと導くでしょう』

愕然としてスカールは頭をあげた。女神の声は朗々と続く。

『宝石《いし》は火の石、世界の壁を切り裂く剣。それはいずれあなたと運命、あなたとグインをつなぐ縁《えにし》のひとつとなるでしょう。かつて神々の持ち物であった宝石《いし》は変化し、人間のものとなるでしょう。役目を果たしたあと、真の持ち主の元へと戻れるように』

「宝石《いし》……？　約束されし三つの……？」

スカールは混乱して頭を振った。

「そういえばザザが何かそんなことを言っていたような気もするが。しかし、よくわからんぞ、女神よ、影殿よ。俺は魔道師ではない、そのような物品の使い方などまったく知らん」

『先ほど損傷を修復したときにあなたの肉体を分析しました』

微笑して女神の影は言った。

『あなたはこの地で魔道と呼ばれる技術によって大きく肉体改造を受けていますね。しかも二重に。それによってあなたには、通常の人間には反応しない道具でも反応させる適性があるのです。先ほどあなたが使った、神官のための円盤もそうです。もしあなた以外の人間があれを使ったところで、円盤は反応しなかったでしょう』

スカールはまじまじと自分の手を見下ろした。あいかわらず魔道の血の流れる、冷たい、死人のような体温のない手だったが、それがために、自分が神々のための道具を使える身になっているとは初耳だった。

「まあ、それはそのこととしよう、女神よ、影殿よ。しかし――」

スカールがなおも言葉を継ごうとしたそのときだった。

影がハッと息をひくような声をたてて手を口にあてた。ほとんど感じられないほどの振動が、森閑とした漆黒の神域の中の空気を震わせた。

『キタイ兵です』

スカールが口を開くより早く、女神の影が告げた。

『どうやら竜王はアウラ・シャー神殿と、残ったフェラーラの住民を完全に消滅させることに決めたようです。ああ、あちこちから、続々と兵が送り込まれてきています。今すぐ、生き残った市民たちのもとに戻ってください、アルゴスのスカール。わたくしはどうとでもなります、もともと生きてはいないのですから。けれども彼らは、生き残りの市民たちは、あなたの剣をきっと必要としているはずです』

「わかった。すぐに戻ろう」

素早くスカールは立ち上がった。

「だが、ここから地上となるとまた遠いぞ。間に合うのか」

『わたくしの力でかなうかぎり遠くにお送りいたします。遠くといっても神殿の門かそのあたりが関の山でしょうけれど。ここは通常の次元とは切り離された場所、通常空間の移動であれば、一気に生き残りの民たちのもとへでも飛ばせるのですが』

「ぐずぐず言わずにやってくれ。一刻を争うのだろう」

猫の女神の影は天を仰ぐような姿勢で眼を閉じた。祈るようなその姿勢はすぐに直り、緑の星の眸がまたまっすぐにスカールをとらえた。

『では、ご武運を、アルゴスのスカール』

女神の影は哀しげにほほえんだ。

『もうお会いすることもないでしょうけれど、どうぞ、わたくしの民、愛するフェラーラの民をお守りくださいませ。どうぞ――よろしくお願いいたします……』

スカールの目の前で色彩が躍り、光が閃き、消え、暗黒がまたたいた。

足もとの堅い床が消え失せ、どこまでも落下していくような感じにとらわれた。上下の感覚が失われ、激しい耳鳴りが暴風のように聴覚を麻痺させた。思わずつぶったまぶたの後ろで、両手を広げ、白い翼を光輪のように逆立て、天を仰いだ猫の女神の輝く影が明滅した。

その背後に、スカールは幻視した。

暗黒の空にまたたく星々の海――ちがう、夜空ではない、考えられないほどに強く澄んだ星々と、猛烈なむきだしの恒星の熱――ひとつひとつが考えられないほどの大きさを持つ星船の群れ――漆黒の空間に浮かぶ青と茶色と緑の球体――そこへ向かって降っていくいくつもの星船、また星船、そして光、そしてまた光――

(――〈石〉――)

(〈石〉)

(三つの宝石《いし》。約束されし標。還ることなき故郷への途)

「誰だ！」

声を限りにスカールは叫んだ。暗黒の虚空に、こだまさえ残さず声は吸い込まれて消えた。

「お前――お前たちは誰だ！」

(三つの名。三つの石。三つの力)

轟々と鳴る耳のそばで、誰のものともわからぬ声ははっきりとささやき続けた。

(ひとつは求め、ひとつは開き、ひとつは留める)

(瑠璃、瑠璃と琥珀、瑠璃と琥珀と碧玉)

(求めるは瑠璃、開くは琥珀、留めるは碧玉)

(それらの名は)

(名は)

(名は――)

スカールは墜ちていった。

はるかな時間と、空間の中を、我知らず絶叫しながら。

＊

眼の中に光があふれた。

足の下にしっかりとした地面を感じ、スカールは悪夢を一気に吹き払われたように感じた。目の前にかかる薄靄《うすもや》を振りはらって見ると、すぐ手の届くほどの距離に、小札鎧と真鍮の兜をかぶったキタイ兵が、短い手槍を小脇に目玉を飛びださせんばかりにして棒立ちになっていた。

スカールの動作はほとんど反射的なものだった。相手が我に返って叫び出す前に、剣が鞘走った。口を開けたキタイ兵の頭は、あくびをしようとしているような間抜けた顔のまま、ごろりと床に転がった。跳びすさったスカールのいた場所に一瞬後れて、大量の血しぶきがどっとまき散らされた。

血を振り捨てて、スカールは身を低くしてあたりを見回した。すでに頭は冴え返っている。どうやらまだ神殿の内部からは抜け出られていないらしい。ここはおそらく拝殿の一部だろう。崩れた壁からの外光が明るい。削り落とされたアウラ・シャーの薄彫りに、死んだ兵士の血飛沫《ちしぶき》が降りかかってゆっくりと赤い筋を描いている。

聞き慣れぬ叫び声と乱れる足音が連続した。入り口だったらしい半壊した扉の方から、大勢の人間の気配が急速に近づいてくる。概算しても十人は下るまい。

（くそっ）

向きを変えて死体を踏み越え、壁のほうから出ようとしてそこでも人声にぶつかった。通路の方からやってくるのよりかなり多そうな一団が、庭を囲んだ回廊のほうから押し寄せてくる。

このまま身をひそめてやり過ごすことも考えたが、足もとに転がるキタイ兵の首なし死体と驚愕の表情を張りつけたままの頭を見るとそれもあきらめざるを得ない。この死体と血の臭いは、兎穴をかぎ出す狐のようにキタイ兵どもを引きつけるだろう。

（どうする）

甲高い声をあげながら、戸口にキタイ兵が姿を見せた。あわててスカールは身を隠す場所を捜そうとしたが、どこも素通しの廃墟にはほとんど隠れる場所などない。のぞき込んだ黄色い顔が死体を見つけて目を見開くのを見もせず、剣をかまえて、がむしゃらに相手の懐につっこんだ。

手応えはあったが、一撃でしとめるには至らなかった。キタイ兵は胸に突き刺さったスカールの剣から抜けて倒れながら、呼子を口に当てた。

耳をつんざく音が響いた。四方からの声が高くなった。スカールはあわてて相手の手から呼子を蹴り飛ばしたが、遅かった。今では四方八方からキタイ語の声高な騒ぎと武具のぶつかり合うカチャカチャいう音が集まりはじめていた。

（八方塞がりか）

足もとの二つの死体を見下ろしながら、苦々しくスカールは考えた。自分一人なら命がけでも斬って斬って斬り続けて脱出を試みてもみようが、いま自分は幼子スーティを預かる身であり、またフェラーラの難民たちの運命も気にかかる。ここにこれだけのキタイ兵が寄せていることを考えれば、ナディーンやリアーヌたちが隠れている地下のアクメット神殿跡にも、一軍が派遣されていないとはいえまい。これまでも地上で捕らわれた者が何人かいるという場所だ、徹底的に調べられれば、隠し扉など押し破って入ってこられるかもしれない。

外光が陰って暗くなった。集まってきたキタイ兵が、箱に押し込まれた人形のようにどっと室内に流れ込んできた。手に手に抜きつれた湾刀がぎらぎらと乱反射している。真鍮の丸兜の下で、歯をむき出した顔が何事か大声で叫んでいた。

「貴様らなどにやられる俺ではないわ、馬鹿めが！」

意味はわからないながらも怒鳴り返し、スカールは先頭で跳びかかってきた奴を胴切りに切り倒した。返す刀でその隣にいた奴の首をはね、運悪く切っ先に近づいた兵の刀を持った右手を手首から打ちとばす。悲鳴と泣き声があがった。床に広がる血に、新たな鮮血がしぶく。

（神域を汚すことを許せ、女神よ）

一瞬にして三人がやられたことでわずかな隙間ができた。スカールはすかさずその隙を突破し、通路に出て駆けた。キタイ兵どもはわめきながら追ってくる。神殿の別の方向からも、また反対側からも、右からも左からもキタイ語の叫び声が近づいてくる。

（とにかく外へ出る。竹林の中に隠れる）

あの中ならば取り囲まれても一気に切りかかられることはない。長槍を振り回すのも矢で狙われるのも、素早く動いていれば密に茂った竹が防壁になってくれる。あそこで兵どもを引き離し、なんとかして、リアーヌが案内してくれたあの地下への出入り口までたどりつけば――

傾いたあずまやの側を走り抜けたとき、内側から噴火するように怒声が吹き出した。真鍮の兜と赤い房が風変わりな昆虫の群のように段を駆け下りてきた。スカールは夢中で剣を突きだした。先頭の奴が無防備にさらしていた喉を切っ先が突き破り、そいつはがくっとのけぞって血の泡を吹いてわめいた。

スカールはそのまま剣をなぎ払って永久に相手を黙らせ、続いて押し寄せてくる金属の昆虫どもの群れに向かって牙をむいた。狼のように見えることはわかっていた。背後からはさらに追いすがってくる一軍の鎧や剣のがちゃつきも近づいてくる。よかろう。

いい度胸だ。かつてアルゴスの黒太子、草原の鷹と呼ばれた男の、剣の舞を堪能させてやろう——

いきなり眼前から敵が消えた。

勢いあまって、スカールはたたらを踏んだ。

たき火に顔をつっこまれたように皮膚がじりじりし、眼がくらんだ。背後で敵がざわめき、そしてかすかに息をつくような音が聞こえた。シュッ。

スカールの眼前にあるのは、腿の真ん中からきれいに切り取られた一群の人間の足だった。

どれも臑に布を巻き、キタイ特有の先のとがった軍靴を履いている。一歩踏み出しかけたもの、ぐっと前へ、あるいは後ろへ、踏み込みかけたもの、組み合わせはさまざまだが、どれも塩漬け豚の切り口のような、赤黒い切り株をさらしていることは同じだった。白い骨と赤い肉、黄色みのかった脂肪がはっきり見分けられる。

酸《す》い唾を飲み込んで、スカールは後ろを振り返った。

背後にもまた、同様の光景が広がっていた。

足ばかりではない。胸から上を失った胴体があった。槍を振り上げかけたまま、槍ごと両手と頭を持って行かれた身体が立ち尽くしていた。胴体を真二つにされたものがきれいに切られた内臓の断面をさらしていた。片方の腕やわき腹、足の一本といった比較的小さな一部を失い、呆然と眼を見開いている顔があった。

血の一滴も流れていない。あるのはただ切断された人間の一部分、いきなり見えない鎌にごっそり刈り取られていったかのような、人体の不気味な空白。

どこか海に似た、塩辛いような臭いで鼻がひりついた。周囲の空気は恐ろしく熱く、燃える火のただ中に立っているかのようだった。

顔をおおったスカールの耳もとを熱風がかすめ、ふたたびシュッとため息のような音が聞こえた。

そのとたん、ふたたび彼らは消えた。正確には、彼らの一部分が。

駆け出そうとしていた指揮官は足首だけをその場に残して消失した。近くにいた数名の兵士も同じ運命をたどった。不注意な魚売りが落としていった鮮魚のように、足の甲から下だけがきれいに切り取られた生身の足が軍靴から飛び出た。わき腹に大きく開いた空隙をまじまじと見つめた兵士はしばらく信じられない眼でえぐれた横腹を見つめ、もはやありもしない内臓を、おぼつかない手でかき集めようとした。

『警告』

天の高みから声が降り注いだ。氷よりも、剣よりも、冷たく無感情で、致命的な意志を持っていた。

『警告。本構成体は通常相から戦闘相に移行しました。当管理領域から、指定識別子非所持者の排除を実行します。領域内の〈調整者〉種族は、すみやかに領域外へ待避してください。警告。本構成体は……』

額を汗が流れた。顔をぬぐったスカールは空を見上げ、そこに、青白く燃えるひとつの姿を見つけた。

目を凝らせば、それは大まかに言って猫のような頭を持っていたかもしれない。とがった耳の形と突き出た鼻。ほっそりした腕と腰。女の姿に似た曲線を持つ紡錘形の身体。周囲の空を覆うばかりの重なる純白の光輪は、巨大な白い翼に見えないこともないだろう。

だがそれは光だった。純粋な、ただの光。

そして力。

無慈悲な。

スカールは泣くような声をあげて身を引いた。

その動きにつられたように、人体の断片の群がばたばたと倒れはじめた。支えを失った麦束のように。

恐慌がわきあがり、爆発した。

キタイ兵は泣き声をあげ、罵声か祈りか、スカールには判断のつかない言葉を叫び、我勝ちに逃げ出そうとした。

次の瞬間、消失した。すべてが。

まだ生きて逃げ出そうとしていたキタイ兵の一隊がまるごと消え、散らばっていた人体の断片が消えた。塩豚の塊のような胴体も麦束のような脚も生白い魚のような足首もみな消えた。煙一筋すら残らなかった。

かすかになにかの焦げる臭いをスカールは嗅いだ。無意識に手を持っていくと、焦げた自分の前髪が粉になってこぼれ落ちてきた。顔全体が焼けるように痛んだ。金属と潮のまざったような臭いが鼻の奥に進入してきた。

スカールはくるりと背を向け、逃げ出した。

背後ではまだキタイ兵の叫び声が響いていたが、一瞬ごとに数は少なくなっていった。すぐに静けさが神殿の番人のもとに戻るだろう。

流れる汗が目にしみた。まばたき、あえぎながら、一散にスカールは駆けた。人間のもっとも深い本能に根ざした感情——強大な力、あらがいようのない上位者に対する、闇雲な恐怖にかられて。

4

『鷹！』

竹林を抜け、ほとんど考えることもなく廃墟の中を疾走するスカールに、上空から声がかかった。

『やっと見つけたよ、鷹！　早く戻ってきとくれ、大変なんだ！』

「ザザか」

乱れる息の間から、スカールはやっと言った。頭上で翼の音がし、大鴉の姿のザザが、ななめに滑るようにさっと視界に入ってきた。

『キタイ兵だよ、奴らが来たんだ！』

騒々しく翼を鳴らして円を描きながら、ザザはわめきたてた。

『もう地下神殿の奥にまで入り込んできてる。ウーラと赤衣隊の鬼どもがなんとかくい止めてるけど、なにしろ数が多すぎて、とっても止めきれるものじゃないんだ』

スカールの顎が引き締まった。女神の影の声が耳に蘇った。

（……どうやら竜王はアウラ・シャー神殿と、残ったフェラーラの住民を完全に消滅させることに決めたようです――）

神殿のほうは自分が手を出す必要などない。だが、病める女王と、追いつめられたフェラーラの生き残りたちは、そしてリアーヌとナディーン、スーティは、確実にスカールの剣を必要としている。

『妙な顔をしてるね、鷹。女神には会えたのかい？　まるで火あぶりにあいかけたみたいな顔だよ。神殿でなにがあったのさ』

「そのことはあとで話す」

腰の剣を確かめて、スカールは頭上を飛ぶザザをふり仰いだ。

「今はキタイ兵を追い払うほうが先決だ。いちばん早く戻れる道を指示してくれ、ザザ、多少無茶な通り道でもかまわん。一刻を争う」

＊

ザザの道案内に従って、廃墟を越え、草むらを分けて走った。来るときにはスカールの心を騒がせたかつての人々の生活の跡も、もはや眼には入らなかった。死んだ者は死んだ者であり、今は救い出すべき生者たちのもとに一時も早くたどり着くべきときだった。

足の下で焼けた煉瓦が崩れ、粉になって散った。手のひらにざらついた土壁の感触を感じつつ、スカールはそこを踏み越えて通った。叩き割られた小さな卓と、子供用の椅子が眼の端をかすめた。胸が刺されるように痛んだが、スカールはぐいと前を向き、黒く焦げた窓枠と裂けた窓覆いを押し越えて通った。

『もうすぐ地下への出入り口だよ……あっ』

上空から周囲を見渡していたザザが警告の声を発した。

『キタイ兵！　こっちにまで！』

バサバサと翼が鳴った。走りながら、スカールは剣を引き抜いた。

来るときに乗り越えた大きな樹木の根株に、十数人のキタイ兵がとりついていた。とがった金属の兜が蟻の群れのようにひしめいている。後方にいた数人が、走り寄ってくるスカールの気配を察知して、振り向いて剣に手をかけた。

剣を抜く暇をスカールは与えなかった。剣風がひらめき、首が吹き飛ばされるように落ちて、鮮血が噴水のように宙にしぶいた。

重い音をたてて転がった仲間の首にキタイ兵は一瞬ひるんだ様子を見せたが、指揮官らしき赤い房付きの兜をかぶった男の一喝《いっかつ》ですぐに気を取り直した。根株から中へもぐりこもうとしていた者も降りてきて、いっせいに剣を抜きつれる。赤い房毛のついた槍が四方から突き出され、スカールの胸を、腹を、足を狙った。

獣の声を上げてスカールは剣をふるった。朱塗りの太い槍の穂先が次々と切断されて落ちた。ただの棒と化した武器にうろたえる槍兵たちに、にやりと笑ってスカールはまっしぐらにつっこんでいった。

なにが起こったのか、理解できた者はほとんどいなかっただろう。気がつくと腕が落ち、胴が斬られ、首が転がっていた。剣でできた魔風のようにスカールはキタイ兵の群れを駆け抜けた。草原の黒太子の剣は血に濡れながらもなお飢えた。斬り、払い、突き刺し、死体を足で蹴り離して、スカールはいつか高らかに草原の男の鬨《とき》の声を放っていた。

根株に上った指揮官が真っ赤な顔で何か怒鳴っている。ヒュッと風を切る音がして、スカールは反射的に身を翻《ひるがえ》した。ドッドッドッと地面が揺れ、それまで立っていた場所に、太矢が何本も突き立った。

少し離れた木立に大弓を構えた弓兵隊が立ち上がり、矢先をスカールに向けている。スカールは剣を振り、堆肥にたかる羽虫にもおとる腰抜けめ、じかに剣を交える度胸もない腐った病み犬の尻尾め、母親と姦通する糞まみれの家畜の陰茎めなどと、ありったけの罵声を並べてあざけった。言葉は通じなかったが、意は通じた。弓兵たちと指揮官の顔が、そろって熟れた果物のように紅潮するのが見えた。

憤怒にはちきれそうになった指揮官が手をあげ、振り下ろそうとしたとき、黒い疾風が彼を襲った。

キタイの兵士はくるくるとまわって、のけぞった。両目に風切り羽の形をした黒い投げナイフが突き立っていた。

「ザザ!」

「そう、あたしさ」

黒い髪をなびかせたザザがその場に降り立ち、にっと笑った。血なまぐさい場にはやはりそぐわない扇情的な革の乳あてと足通しの女姿で、ゆたかな浅黒い胸を誇らしげに突きだしている。

「ちょいと助けが必要かと思ったもんでね。さあごらん、キタイ人ども、黄昏の国の女王の死の踊りを!」

その場で踊り子のようにザザは旋回した。

竜巻のような回転とともに黒い羽の形のナイフが飛び、木立にいた弓兵たちは次々と喉を貫かれ、額を割られて倒れた。力の抜けた手から放たれた矢があらぬ方向に飛び、木々の梢をさわがせた。

「さ、早く、もうここは片づいた」

ザザは鳥のときを思わせる仕草で忙しくまわりを見回しながら、根株のてっぺんにひっくりかえっていた司令官の巨体を蹴り落とした。

「生き残りの人たちは神殿のずっと奥に追いつめられてる。女王の寝間が最後の砦だよ。赤衣隊の赤鬼たちももういくらも残ってない。戦えるのはほとんどウーラだけだ」

「言われるまでもない。急ぐぞ」

率先してスカールは穴に飛び込んだ。すかさずザザも続く。

上がるときに苦労した登り道はすっかり均《なら》され、しっかりした足場が刻み込まれていた。あちこちに刃にえぐられたあとや松明で焦げたあとがある。少し奥に入ったところに蜥蜴の尾と鱗をもったフェラーラの民が息絶えており、紫を帯びた血が地面を染めていた。

曲がりくねった通路の向こうから、戦いのおめきと武器のぶつかる音がこだましてくる。スカールは迷うように半妖のフェラーラ市民のむくろを見やったが、できることがないのは一目瞭然だった。今はまだ命のあるものを守ることの方が先決だ。

「すまんな。おまえたちの神の救いがあるように祈るぞ――アウラ・シャーか、それとも、どの神かは知らんが」

動かない死骸にそう声をかけて、スカールは走り出した。後ろからザザが軽い足取りでついてくる。

奥へ進むほどに、凄惨な死骸が目についた。剣や槍で切り刻まれて倒れているフェラーラの民もいれば、斧で頭をまっぷたつにされ、脳漿《のうしょう》をまき散らして壁際にくずおれているキタイ兵もいた。組みつき合ったままの姿で死んでいる赤鬼とキタイ兵も。たがいの首に手をかけ、目玉をえぐり出そうとしたまま力つきた双方の目はかっとむき出され、牙をむいた赤鬼の口はいまにも相手の喉を食い破ろうとしていた。

洞窟に松明のゆらめく光がはげしく交錯する。声高な命令と悲鳴、泣き声、うめき声、叫喚、さわがしい足音と打ち合う刃。

草原の風となってスカールは疾駆した。腹の底からとどろくような吶喊《とっかん》の声をあげ、ぎくりとなって凍りついたキタイ兵に、身体ごと最初の一撃を叩き込んだ。腹を貫かれた兵士が身を丸め、口からごぼりと血の塊を吐く。倒れかかってくるのをすばやく足で突き除け、勢いのままに剣をないだ。左右にいた兵士が鈍い音とともに首と腕を落とされ、血の海に転がった。

身をひるがえそうとして、うなじの毛が逆立った。背後からの湾刀を振りかぶったキタイ兵が甲高い叫びとともに刃を振り下ろしてくる。身をよじって剣をあげようとしたが、間に合わない。

闇から黒いナイフが飛んだ。風とともに飛ぶナイフにキタイ兵は目と両手を貫かれて刀を取り落とし、その場に倒れてのたうち回った。スカールはすばやく剣をあげてとどめを刺した。

「すまんな、ザザ」

「油断は禁物だよ、草原の鷹！」

むせかえるような血臭のむこうで、巨大な影が振り返った。血まみれの大斧を一方の手に提げ、赤い肌をさらに鮮血で真紅に染めた、赤鬼のひとりだった。血走った一眼をこちらに据え、うなり声をあげて斧をかかげようとする。

「待て、俺は――」

「ウーラ！」

敵意のないことを示そうと手をあげかけると、赤鬼の後ろから巨大な狼が飛びだしてきた。ひと跳びでスカールのもとに跳ねより、乱暴に脚に身体をこすりつける。

「おお、ウーラ、無事だったか。ひどい格好だな」

低い声で狼王は吠えた。スカールは手を伸ばして撫でてやったが、その銀毛はしたたるほどの血で濡れ、さわるとべとつくほどだった。

「おぬしか、人間？」

あげかけた斧を肩にのせて、のしのしと大鬼がこちらへやってきた。折り重なったキタイ兵の死骸を踏みにじって気にしていない。

「ああ、そうだ。たった今、アウラ・シャーの神殿から戻ってきた。様子はどうだ。皆は無事か」

「ひどいもんだ」

太い首をねじるように動かして、赤鬼は頭を振った。

「逃げられたやつはリアーヌとナディーンが先導して女王の奥の間に隠した。そうだ、あんたたちの連れてた子供もな」

では、スーティも無事か。スカールはひそかに安堵の息をついた。

「だが、逃げ遅れた者もかなりいる。キタイ兵は蟻みたいに、どこの隙間からも潜り込んでくる。やってもやってもきりがない。この神殿跡全体を取り囲んでいて、逃げだそうにも隙間がない」

「だろうな。アウラ神殿でも襲われた。なんとか脱出できたが」

「本当か」

疑念と畏怖半々の視線で大鬼はスカールを眺めた。

「アウラ神殿でもこちらと同じ状況だったなら、あんたは相当な豪傑か、とんでもなく運がいいかどちらかだな。奴ら、そこらじゅうにうようよしてやがるぞ」

「こちらの手勢はどれだけいる？　あんたの他に」

「俺だけだ」

赤鬼はむき出した牙をいっそう突きだしてゆがんだ笑みを浮かべた。

「赤衣隊の生き残りは戦って死んだ。全員な。隊長の俺だけがまだおめおめと立っている。この狼どのがいなければ俺もいまごろあの槍に首級を突き刺されて振り回されていたことだろうよ」

元気づけるようにウーラが腹の底に響く声で吠えた。

「では、手勢は三人だ。俺を含めてな」

鬼の恐ろしげな微笑は、不思議にスカールの胸にやけっぱちともいえる勇気を燃え立たせた。牙をむきだし笑みを返す。

「キタイ兵が蟻なら、俺たちは炎だ。あの虫けらどもを剣の炎で焼き尽くすまで止まらん剣の火だ。そうだろうが、隊長」

「おう、そうともよ」

赤鬼はひとつ眼を細めてにたりとし、大斧を肩にかつぎあげた。

「どうやら肩を並べて戦うことになりそうな、おぬしの名を聞かせておいてくれんか、人間。俺は赤鬼族のリー・ガン、リリト・デア陛下の直属部隊にして、近衛部隊の長だ」

「俺はアルゴスのスカール、草原生まれの人間だ。こいつはウーラ、知っているだろうが」

ウーラが自分も紹介しろと言わんばかりに唸ったので付け加える。

「妙なことになったものだ。俺もいろいろな相手といっしょに剣を振るってきたが、豹頭のグインほどにも変わった相手と同盟を結ぶことが再びあるなどと、考えてもみなかった」

「おぬし、豹人を知っているのか、アルゴスのスカールよ」

赤鬼リー・ガンはいささか驚いたようだったが、すぐに捨て鉢な笑みを唇に戻した。

「そういえば、あの男がフェラーラに入ってきたとき、眼にしたのはわれわれ赤衣隊が最初だった。今この時に、豹人を知っているという人間とともに戦うのも運命かもしれん。豹人の訪れがフェラーラの滅亡を告げるという話に豹人を恨んだこともあったが、いずれにせよ、運命には逆らえんのかもしれん。だからといって、黙って従うのはまっぴら御免だがな」

「まったく賛成だ——待て、新手が来たぞ」

一時静まっていた洞窟の中に、またホーホーという高い声がこだましはじめていた。曲がりくねった土壁に穴があき、土を貫くために作られたらしい太い槍のごときものが突きだした。それがひっこむとばらばらと土が崩れ、新たに大量のキタイ兵が、小石のなだれ落ちるように次々と通路に飛び降りてきた。

スカールとリー・ガンは背中合わせに立ち、向きを変えながら回転する車輪のように斬りまくった。リー・ガンの大斧は一息のうちに二つ三つの頭蓋を楽々と叩き割り、スカールの剣《わし》は奔るところ水も止まらず正確に急所を貫いていった。討ちもらした者はウーラが猛然と飛びかかり、巨大な体で押し倒して喉を食いちぎった。銀狼がぶるっと身を震わせると、鮮血が雨のように地を叩いた。

と、背筋に冷たいものを感じたスカールは、とっさにリー・ガンの腕をつかんでぐいと後ろに寄せた。リー・ガンは憤怒の表情で振り向いたが、足のすぐそばに針鼠のように矢が突き立ったのを見て口をつぐんだ。

「弓隊を入れてきたか！」

「止まらずに動きつづけろ。ここでは地上より狭いし暗い。ずっと狙いを付けにくいはずだ」

いくらか広くなった通路の曲がり角だった。複数の通路がひとつに集まって、自然と小さな空き地を形成している。その空き地を見下ろす位置にある古い通路のはしに小柄なキタイ兵の群れが陣取り、短い弓の狙いをそろってこちらに向けていた。

下には新たに掘られたらしい穴が開き、巣から這い出る蟻のように、続々とキタイ兵がなだれこんでくる。

押し寄せてくるキタイ兵に加えて、頭上から降り注ぐ矢玉は戦いづらさを増した。戦いながらスカールはキタイ兵のさだかならぬ顔を見、ごく若い者、少年と言っていいような者さえいるのを見つけた。彼らのとがった顔は戦意というより恐怖に満ちていた。もっと年かさの兵士であっても、その暗い眼には底知れない恐怖が宿っていた。

戦いに対する恐怖ではない、とスカールは直感した。それは彼らの支配者である竜王、ヤンダル・ゾッグに対するものだ。

戦いの狂奔はスカールも知っている。だがここにいる兵士たちは、まったく別のものに駆り立てられて戦っている。絶対的支配者への恐怖。おそらくこの作戦に失敗すれば、彼らに待っているのは竜王による、言語を絶する刑罰なのだろう。

弓矢はウーラの分厚い毛皮には通らず、ぱらぱらと弾かれて落ちるだけだ。ウーラは兵士の包囲を突破し、弓兵に襲いかかろうと奮闘していたが、決死の面もちで狼を取り囲むキタイ兵にはばまれて動けない。

ウーラがいらだったようにあがき、跳躍して囲みを越えようと身を低くしたとき、黒い投げナイフがいくつも飛んで、高所に陣取っていた弓隊の幾人かを貫いた。

「ちょっと、早すぎるよ、鷹ってば」

黒髪をなびかせた浅黒い美女が風のようにその場に舞い降りた。

「討ちもらしを始末してあげてたあたしに感謝しとくれよ？　でなきゃ、後ろからバッサリいかれてたかもしれないんだから」

「ザザ！」

「さ、もう少し、がんばんな」

一つ目をこぼれ落ちんばかりにしているリー・ガンの前で、女姿のザザは気取って髪をかきあげてみせた。豊満な胸が自慢げに揺れる。

「あそこの角を曲がれば女王の奥の間だ。生き残ったフェラーラの民はみんなあそこにいる。扉も頑丈だから、入って中から閉めてしまえばそう簡単には入ってこれないはずだ。もう一踏ん張りだよ、男ども――」

「わかった。いくぞ、リー・ガン隊長、ウーラ、ザザ」

さまざまな思念を頭から振り払って、スカールは剣を握りなおした。

逃げ込まれてはしばらく手出しできなくなると理解してはいるのだろう、キタイ兵の猛攻はさらに苛烈さを増した。扉までの通路はひしめく真鍮の兜で甲虫が押し合いへし合いしているような光景だった。その中をスカールとリー・ガンは無我夢中で剣を振るい、斧を叩きつけ、斬り、割り、なぎ倒した。ウーラは不吉な影のように飛び回り、確実なひと噛みで相手を倒していった。二人の目の届かないところから狙う敵や討ちもらしてまだ動いているものに、とどめを刺していく。押し殺したあえぎと悲鳴、剣戟、罵声と泣き声がキタイ語と中原の言葉で重なり合ってこだました。

「スカール様？」

細くあけた扉の隙間からやせ衰えた角のある老婆を迎え入れていたリアーヌがスカールを見つけた。

「よくぞご無事で……お気をつけくださいこのあたりはすべて、キタイ兵で充満しております！」

「おいちゃん？」

声がして、リアーヌの腰のあたりから手と幼い顔が半分のぞいた。

「おいちゃん？　スカールのおいちゃん、戻ってきたの？」

「中にいろ、スーティ！　顔を出すんじゃない！」

雷のようなスカールの一喝に、スーティはびくっとして中にひっこんだ。

「ウーラ、扉のまわりにたかっているキタイ兵を追い払ってくれ、俺たちもなんとかあそこまでたどりつく。ザザ、引き続き援護を頼む、リー・ガン――」

背中合わせで戦ってきた赤鬼を振り返り、スカールは言葉をのんだ。赤鬼の牙をむいた顔が、いっそう恐ろしい苦笑いの表情になった。

「悪いが、俺はどうやらここまでのようだ、人間」

リー・ガンの膝頭に、キタイ兵の片腕がついたままの大槍が折れて刺さっていた。膝裏まで突き通された槍穂がほとんど地面まで届きそうになっている。リー・ガンは顔をしかめ、呪いの言葉を吐きながらまだくっついている片腕をもぎ取って投げ捨てた。

「どうやら膝の腱をやられた。歩けん。俺がここで後ろから来る奴らを食い止めるから、お前たちは女王の奥の間へいけ。陛下を守ってくれ。おぬしら以外、もう戦える者はいない。癪《しゃく》にさわるがな」

不機嫌を装っていたが、スカールはその後ろに懇願の響きを聞き取っていた。本来豪《ごう》放磊落《ほうらいらく》、傲岸不遜《ごうがんふそん》であろうこの男が、外部からやってきた人間である自分たちに女王と同胞の命を託そうというのだ。内心の無念と悲愴な決意は察してあまりある。

（この男。この場で討ち死にするつもりか）

「おい！」

いきなり身をかがめ、鬼の巨体を背に担ぎ上げたスカールに、リー・ガンはあわてた声を上げた。

「何をしている、人間、お前まで死ぬ気か！」

「あいにくだが、俺はどうやらフェラーラの民を救うことになっているらしいのでな」

切れる息のあいまからスカールはようやく言った。岩のような筋肉とごつい骨の塊な鬼の身体は予想したよりはるかに重く、片足をひきずっているせいで重みはさらに倍加していた。

「おまえもフェラーラの民である以上、救われていかんことはあるまい。俺は女神にフェラーラの民を託された。一人なりとも見捨てるつもりはない。ウーラ！」

死骸の山の上で、血の滴る鼻面をウーラはあげた。

「俺たちが扉にたどり着くまでなんとか敵を遠ざけておいてくれ。ザザ、おまえもだ。黄昏の国の女王のお手並み、拝見しようか」

「そんなこと言われちゃ、頑張らないわけにはいかないねえ」

ザザはしなを作って片目をつぶり、くるりと大鴉の姿に戻った。押し寄せるキタイ兵の頭上を矢のように飛んで輪を描く。黒い羽が散り、空中にとどまって、妖しい青い炎をあげる。

と、そこには、肌もあらわな女たちのあでやかな姿態が、そろって婉然とほほえんで現れた。黄金と貴石しか身につけていない白い肌、黒い肌、黄色い肌、金髪に黒髪、情熱的な赤毛。月光に似た白金の髪が妖しく揺れ、ふるえる乳房とこれみよがしに開かれる太股が、うす暗い地下通路をいっとき華やかな光で満たした。必死の形相で攻め寄せてきていたキタイ兵が、思わぬ美女の出現に思わず動きを止めて口を開ける。

次の瞬間、美女たちはかき消え、すさまじい刃の嵐が兵たちを襲った。羽根の変じた黒い刃物は旋風とともに巻き込まれた者を徹底的に切り裂き、血まみれの顔もわからない肉塊に変えて転がした。

「まったく、男ってものはこれだからねえ!」

ザザの高笑いが呆然とするキタイ兵の上に響きわたった。

「女の裸を見るとすぐ手が止まっちまう。死ぬ前にいいもん見られてありがたかっただろうがね?」

気を取り直した数人が槍や弓矢でザザを狙ったが、そんなものに傷つけられるようなザザではない。ひらりひらりと舞うように避け、そのたびに相手を確実に羽根のひと刺して無力化していく。

不安げなささやきが起こり、広がっていった。ほとんど魔力を持たないフェラーラの民と違って、ザザやウーラは生粋の魔族であり、その魔力はかなり強力である。ただ無力な民を虐殺するだけの任務と軽く考えていた者も多かったのだろうが、まさか本物の魔性が戦いに加勢するとは思ってもいなかったようだ。

ウーラはその間に扉の周囲に押し固まったキタイ兵をほとんど片づけていた。なお追いすがろうとするキタイ兵の前に飛び出し、真紅に染まったたてがみを逆立て、牙をむいて威嚇のうなり声をあげる。リー・ガンを背負ったスカールがじりじりと前へ進む。顔は紅潮し、汗が頬を伝う。酷使した全身の筋肉が今にも弾けそうに痛む。

「もう少しだ、もう少し」

リー・ガンとともに、自分にも言い聞かせるように呟く。

「あと少しで安全だ、リー・ガン、それまで我慢しろよ」

絞り出すような声でリー・ガンは笑った。

「お前は変わった奴だ、人間」

ぜいぜいと異音の混じる声で、彼はささやいた。

「しかし、なかなか勇敢な奴でもある——人間にしてはな」

「お早く、スカール様、リー・ガン隊長！」

リアーヌとナディーンが、やっと通れる程度に開けた扉の前で必死に手を振っている。

「ほかの民の避難はもう済みました。あとはあなたがたとウーラ、ザザ様だけです！」

それだけの声を最後の励みにして、スカールはリー・ガンを担いで最後の階段を上った。リアーヌとナディーンの手に迎えられ、どっと扉の内部に転げ込む。すぐに扉が閉まりはじめる。

「ザザ、ウーラ、来い！」

ウーラはひと飛びで階段を躍り越えて扉に飛び込み、ザザはもう少し羽根のナイフをばら撒いてから、閉まる寸前の扉の隙間をすり抜けて無事に奥の間の床に飛び降りた。その時には人間の女姿に戻っていたが、さすがに疲れたらしく、髪の毛が乱れ、顔色が青ざめて肩で息をしている。

「皆様、お怪我は？」

ナディーンがさっと寄ってきてそばに膝をついた。「ああ」と応えてスカールは濡れた顔を拭った。血混じりの朱色をした汗が手を濡らした。

「俺の方はたいしたことはない。どれもかすり傷だ。ほかの者を診てやってくれ、そうだ、リー・ガン……」

後ろを振り返ってみて、スカールはその場に凍りついた。

リアーヌが赤い両目に涙を浮かべて、大鬼の身体を抱いていた。うつ伏せになったままの広い背中に、反りをうったキタイの短剣が深々と突き刺さっていた。わずかな血が傷口からまだにじみ出ていた。

「心臓をひと突きされています」

涙をこらえきれない声でリアーヌが言った。

「扉を越えたときには、もう死んでいたのでしょう。少なくとも、苦しむことはなかったはずです」

酷い脱力感と疲労感が戻ってきた。

スカールはその場に崩れるように腰を落とし、奥津城の間に逃げ込んだ避難民をぼんやりと見回した。狭い空間に押し込まれたせいで獣臭と糞尿、垢《あか》、膿《うみ》、そして血の入り交じった悪臭はますますひどくなり、女王のそばにおかれた香炉はまだうっすらと煙をあげていたが、とうていそんなものでおいつきはしなかった。

ざっと見渡しても、はじめに見た時の半分以下に減っているようだった。無傷なものなどほとんどおらず、皆どこかしらに怪我をして、汚れた包帯に血をにじませたり、床に横たわったまま切れ目のない苦痛の声を上げている。一見傷ついているかどうかわからない者も、もはや絶望しか見えない未来に魂をうばわれた様子で、うつろな眼で宙を見上げている。前に見たときは六、七羽はいたハーピイたちは三羽に減り、姉妹同士で抱き合ってすすり泣いていた。

それらの奥に女王の寝床があった。数少ない人蚯蚓たちはみな浜に打ち上げられた海草のように平たくなって床に伸びており、どうやら死んでいるようだった。

女王自身もまだ息はしていたが、死がすぐそばに迫っていることは一目瞭然だった。金色の眼はどんよりと黄色く濁り、やせ細った上半身はさらに肉が落ちて触れれば砕けそうな風情である。唇からかすかな呼吸はいまだに漏れているが、そう時間の経たないうちにそれも絶えることとだろう。

「……戻られたか。アルゴスのスカール」

風の吹き抜けるようなうつろな声だった。女王は骸骨のような顔にようやく笑みに見える表情を張りつけた。喉が鳴った。

「まこと、草原の鷹は義に篤いと見ゆる……わらわがことなど捨て置いて、ひとり脱出すれば命なりとも助かろうに。フェラーラはもはや死ぬ。わらわもじゃ。ここにいればそなたらも、早晩、後悔することになること必定であろうよ」

スカールは答えなかった。答えるには疲れすぎていた。

扉の外ではキタイ兵たちの叫び声がまだ続いていた。何度も戸を殴りつける音が響いたが、分厚い扉を人力のみで破ることは無理なようだった。しばらく息を潜めているうちに、その騒ぎは少しずつ潮の引くように退いていった。

「あきらめたのでしょうか？」

ナディーンが気遣わしげに尋ねた。スカールは首を振った。

「いや。おそらくこの扉を破るための破城槌か何かを取りに行ったのだろう。あるいは竜王子飼いの魔道師に助力を求めに行ったか。アウラ・シャー女神の話では、彼女の力をこの地から完全に追い払うために、お前たちフェラーラの民を完全に絶滅させ、土地を荒廃させるのが竜王の意向だろうということだった。そう簡単にあきらめるとは思えん」

「女神とお会いになったのですか⁉」

ナディーンが眼をきらめかせた。すがるようにスカールの腕をつかむ。

「女神は何かおっしゃっていらっしゃいませんでしたか——わたくしたちのことを——フェラーラのことを——わたくしたちの未来を——救いについて、なにか。なにか、おっしゃっていませんでしたか」

「それが……よくわからん」

スカールとしてはそう答えるしかなかった。

「俺は一介の武人だ。神官ではない。神託を読み解くには不向きな人間だ。俺にわかるのは戦いの叫びのみで、謎めいた示唆や啓示には縁遠い身なのだ。申し訳ないが」

「ああ……」

ナディーンはがっくりと肩を落とした。罪悪感を胸に覚えながらも、スカールは女神の影が下した神託を脳裏に蘇らせた。

(『最後の女王が子を産むでしょう。あなたは約束されし三つの宝石《いし》のひとつを手に入れ、それによって、打ちひしがれたフェラーラの民を新たな天地へと導くでしょう』)

意味がわからない。女王が子を産む？　自分が？　ここで今にも死にかけている女王が？　それによってフェラーラの民を救う？　自分が？　魔道によって改造されているとはいえ、ただの人間にすぎない自分が？

口に出したところで絶望した人々の希望を無駄に煽《あお》るだけにすぎないのなら、黙っているのがよかろうとスカールは考えた。成就するものなら自分が口外するとせぬには関係なく成就するのだろう。

(しかし、俺がフェラーラの民を救う、とは……)

「スカール様、ザザ様、ウーラ、スーティ坊や」

やがて、きっと顔をあげたナディーンの顔には、民たちと運命をともにする決意を固めた、厳しい色が現れていた。

「どうぞ、あなた方だけでもここから出てお逃げください。皆様は本来フェラーラには無関係の方々、わたくしたちと運命をともになさることはございません。キタイ兵が一時退いているこの隙に、急いでフェラーラをお離れください。今のうちなら、まだ間に合うやも」

「だが、予見では、俺がフェラーラの民を救う、と見たのだろう、ナディーン」

「わたくしはしょせん、出来の悪い巫女でございましたから」

ちょっとおかしそうに笑って、ナディーンはリアーヌと寄り添い、指をからめた。

「純潔でなければならぬアウラ・シャーの巫女でありながら、リアーヌと出会い、恋をし、結ばれることを夢見た女でございます。そのような巫女とも呼べぬ女のただの夢に、縛られる必要など毛頭ございません。あなた様方はわたくしどもと破滅するには重大すぎる運命を負われた方々、どうぞわたくしたちのことなどお忘れになって、旅をお続けくださいませ。そしてどうぞ、キタイの竜王の野望を打ち破ってくださいませ。それが今、唯一わたくしたちの望むところでございます」

ただ愛する都と、仲間と、そして互いとともに死ぬことだけを望んでいる若い二人を前に、スカールは眼を閉じて天を仰いだ。膈に何かがぶつかってきて、しがみついた。

スーティだった。

「おいちゃん、このひとたち、たすけてあげて」

涙声だった。つぶらな黒い瞳は今にもこぼれそうな涙でいっぱいだ。

「たすけてあげて。かわいそうだよ。みんな、こんなにいじめられて。なんにもしてないのに、かわいそうだよ。たすけてあげてよ」

「ああ、スーティ」

スカールは膝をついて幼子の頬をさすった。乾きかけた血がうっすらとスーティのまるい頬に赤黒い跡を残した。

できることならそうしたい、だが、方法がわからないのだ――その言葉は口からでなかった。純な子供のあどけない信頼を裏切るほど、スカールは冷徹にはなれない男だった。相手がスーティとなれば特に。

しかし、こうなっては自分たちが脱出することさえあやういのだ。ここから仮に出られたとしても、近くにはキタイ兵がまだうじゃうじゃしているだろう。ウーラやザザも、そして自分も、疲れている。狭い場所である程度取り囲まれるのを免れていた地下での戦闘と違って、地上の広い場所では大勢でたえまなく取り囲まれ、押し伏せられる。いかにスカールでも、スーティを守りつつ無事に脱出する自信はない。

暗鬱な沈黙に、スーティがまたしくしくとすすり上げはじめた。ウーラが寄ってきてそっと頬を嘗め、スーティはウーラの血のこわばりついた毛皮に、恐れげもなく飛びついて顔をすりつけた。

その時、高い悲鳴が布を裂くように響きわたった。スーティでさえ泣くのをやめて驚いてそちらを見た。あっと叫んだナディーンが、飛ぶように女王の寝台に駆けていった。

「陛下。リリト・デア様……！」

寝台の上で、骨と皮ばかりのリリト・デアの上半身がのけぞっていた。

自分で背骨を折ろうとしているかに見えた。曲がった爪が汚れた敷布をつきぬけ、寝台までも引き裂いた。苦悶の表情はすさまじく、曇っていた黄金の眼は燃え上がり、爛々と炎をあげた。

「ああ、わらわの胎《はら》」

あえぎとほとんど変わらない声で女王はうめいた。

「わらわの胎――胎が！」

ナディーンがぎょっとしたように振り向いた。

女王が身悶えするとともに、膨満した腹部にかけられた布はすべり落ちていた。膨れ上がった腹は重なり合った甲皮の間からどくどくと紫色の肉が脈打ち、うねり、へこみ、奇妙な靄のような光をまとい始めていた。

啞然として一同が見守るうちに、水袋の破裂するようなバシャッという音がして、床一面に透明な漿液が流れあふれた。

「破水……？」

呆然としたままナディーンが呟いた。

「まさか、でも……卵生みの時期はもうとうに過ぎていて……それに陛下がまるで人間のように破水するなんて、どうして」

その間にも女王の苦悶はますます激しくなっていく。あの乾ききった体のどこにそのような力が残されていたのかというほどに女王は暴れ回った。寝台の粗末な天蓋が折れて傾き、横に崩れ落ちた。やわな作りの藁布団がずたずたになり、ついに女王は床に転がり落ちてうめき始めた。羊水はとどまることなく流れ続け、やがて、うすい紫色をした血がまじり始めた。

「ああ、わらわは死ぬ。死ぬのじゃ」

苦しみもがきながら女王は呟いた。

「しかし死がなんであろ。これを越えればすべてから解き放たれる。竜王から。呪いから。生命の重荷から……」

凝然と立ち尽くしていたスカールの脳裏に、その時、閃光のようにあの猫頭の女神の声が蘇った。

(『最後の女王が子を産むでしょう』)

(『あなたは約束されし三つの宝石《いし》のひとつを手に入れ、それによって、打ちひしがれたフェラーラの民を新たな天地へと導くでしょう』)

(『最後の女王が子を——』)

「スカール様!?」

驚くナディーンの横をすり抜けて、スカールは床でのたうつ女王のそばにひざまづいた。

ほとんど球形になるまでに膨れ上がっていた腹部は半分ほどにしぼみ、かわりに、性器なのかなにかはわからないが、腹部の終端にある開口部が、徐々に開き始めている。中からかすかだが、なにか言葉のない歌か、音楽のような音がもれてくる。

産道が開くとともに、金色の光の筋も漏れてきた。光はあっという間に腹部全体に広がり、脈打つ肉と甲皮はすべて金色に染まった。言葉のない歌は、やがて妙なる音楽となって狭い室内を満たした。

なにかが産道を滑り降りてくる。反射的にスカールは手を差し出した。まるい大きな頭がのぞき、ゆっくりと抜け出てきた。手足を縮め、体を丸めた赤ん坊が、確かに手の中に落ちてきたと思った。

とたん、赤ん坊の輪郭は光の靄となって解《ほど》け、凝縮した。まばゆい黄金の光が眼を射抜いた。すさまじい熱気と冷気とを同時に感じた。

燃え上がる太陽をつかんでいるかのようだった。掌《てのひら》が焼け焦げて骨になるところをスカールは思い描いた。だが離さなかった。まばゆさにほとんど目もくらんだまま、握りしめたその物を高々とかかげた。

「見よ！」

自分ではないものがスカールの口を通じて語っていた。

「見よ！　フェラーラの女王の最後の子を見よ！　王家の血に受け継がれ、今こそ再臨の時を得たこの子は、フェラーラの終焉《しゅうえん》と、新たな始まりを告げる！　さあ――」

輝くそのものから炎がほとばしり、空間をなめた。何もない空中が氷の板に変わったかのようだった。現実が燃え、溶け、穴が開いた。穴の縁は虹の炎に揺らめき、空間を焼いてじりじりと時空の胸壁に食い込んでいく。穴は大きくなり、さらに大きくなり、壁いちめんを覆うまでに大きく広がった。

歌が聞こえた。遠く、人のものでもどんな生き物の声でもない、澄みきった星空そのものから降りくだる光をそのまま音にして降り積もらせるような、そんな歌だった。聞くだけでスカールの魂は揺さぶられ、涙があふれた。リー・ファとふたり見た、草原の降るような星空がまざまざと脳裏によみがえった。

静まりかえっていたフェラーラの民たちからざわめきが起こった。じわじわと光が広がり、汚れはて絶望に満ちたフェラーラの民の顔を白く輝かせた。老いて死に瀕している女王リリト・デアのひからびた顔もまた。その光の中では老醜にしぼんだリリト・デアも往事の若さと美しさを取りもどし、邪悪さを吹き消されて、いつか長い生涯のどこかで彼女がそうであったような、ひたむきな心と消えゆく運命への哀しみをたたえた若い美貌の女妖魔のものに変わっていた。

空間が開いたその先に、まったく別の世界が見えた。目もくらむばかりの明るい陽光とさわやかな空気が、暗くよどんだ地下に流れ込んできた。

おお、そこに見えたもの。

碧玉の野に透明な空は水晶、真珠母の山々に黄金色に泡立つ海。レースのような波がよせては返す波打ち際には、金剛石の鱗をきらめかす魚が跳ねる。

よどんだ空気を清めるように、風が吹いてきた。遠い山嶺の新雪と新鮮な果実の香りを含んだ、甘く涼しい風だった。まばゆい光と言葉のない歌はますます高まり、支えているスカールはあまりの力とめまいにその場に崩れ落ちそうだった。

「行け」

歯を食いしばって耐えながらスカールは言った。

「行け。あそここそが新たなフェラーラ。人も妖魔もなく、誰の目も敵も心にとめることなく思うままに生きてゆける地。行け、フェラーラの民よ。行け。行け」

人々は動かなかった。これまであまりにも痛めつけられ続けてきた人々は、この美しい風景さえ差し出されたなにかの罠ではないかという疑いに縛られて動けないのだった。

スカールの腕が今にも折れそうにきしんだ。

「わらわの……子」

かぼそい声がした。ナディーンがはっとして支えた。今ではもう吹けば飛ぶほどの大きさでしかなくなったリリト・デアが、スカールの掲げ持つものを見ていた。泣いていた。黄金色の眼から、もう長い間忘れられていた大粒の涙がいくつも頬を転がり落ちた。

「わらわの子……かつて育たなかった、わらわの子らよ……わらわの、最後の子……なんと――」

吐息のように最後の一言が唇をもれた。

「なんと――美しい……」

女王の頭が垂れ、黄金の眼から光が消えた。枯れ枝のような腕が床へ落ちた。すさまじい苦悶にゆがんでいた唇が、今は、これまでだれ一人見たことのなかったほどの、幸福の笑みを浮かべていた。

「陛下！　……あ」

反射的にゆさぶろうとしたナディーンが息をのんだ。

彼女の手の下で、リリト・デアの死骸はかさかさと崩れていった。乾ききった蟬の抜け殻のようにはらはらと割れて、細かく細かくなってゆき、浮き上がり、別世界からくる風にのって楽しげに渦を巻くと、ひと群れの白い蝶のように、扉のむこうへと舞いながら吸い込まれていった。

フェラーラの民たちが動いた。

彼らの女王が白い蝶となって去っていった世界に、一人、またひとりと足を踏み出していく。

足を痛めたもの同士が支え合って進むと、扉を越えたとたん、彼らの足はみるみるもとの姿を取り戻した。

半死半生で仲間に抱えられていた者は一歩あらたな世界に踏み込むと、腕から起きあがってきょとんとし、それから踊り出した。山羊の夫と羊の妻が抱え合い、支え合いながら、若夫婦のようにくすくす笑って若草の上を駆けていった。腹ばいの鰐男が驚くほどの素早さですするすると這い進み、輝く太陽をまぶしげに仰いだ。抱き合って泣いていたハーピィ姉妹が翼を鳴らして飛んでゆき、新たな世界の輝く空のもとに飛び出した。高々と舞ってゆく彼女たちの、高い歓喜の声がこだました。

なにか大きなものが横を越えていくのをスカールはぼんやり意識した。ウーラとザザ、リアーヌとナディーンにかかえられたリー・ガンの亡骸が、扉のむこうに運ばれていくところだった。

青々とした草の上に横たえられると、赤い大鬼は仕えた女王と同じくさらさらと崩れて、つややかな真紅の破片になった。艶々した羽根を持つ甲虫のようなそれは少々迷うようにくるくると回転してから、鮮やかな緑の草原のむこうへ舞っていった。

「スカール様。〈草原の鷹〉様」

リアーヌとナディーンが扉の前に立っている。もう地下室にはスカールたちのほか誰もいない。新しい世界へみんな旅立っていったのだ。若い二人はほほえんでいた。ナディーンの頰には喜びの涙があった。

「やはりあなたさまはわたくしたちを救ってくださいました。どこへも行く場所のないわたくしたちを、幸せに暮らせる天地に導いてくださいました。幾重にも、幾重にもお礼を申し上げます、スカール様、あなたさまのことを、フェラーラの民はけっして忘れることはないでしょう」

「どうぞ、あなたさまの目的が達せられることを祈っております、スカール様」

リアーヌが言った。

「そしてスーティ坊やにも、幸せが訪れますように。母君と早くお会いできますように、遠い世界からお祈りしております」

では、と二人は深々と一礼し、手を取り合って背を向けた。新しい世界へ、恐れげもなくまっすぐ踏み込んでいく妖魔の若者と人間の娘は一瞬黄金の光に縁取られて輝き、そして消えた。

永遠に。

彼らの姿が消えるとともに、光で描かれた門も消失した。

地下室を照らしていた光と歌がとぎれた瞬間、スカールはその場に崩れ落ち、何日も休まず走り回っていたかのように汗をかいて全身であえいでいた。

「おいちゃん」

ふいに静まりかえった地下室の中にスーティの声が妙に大きかった。とことこと近づいてきて心配そうにしゃがみこむ。

「おいちゃんだいじょうぶ？　すっごく、すっごくつかれたおかおしてるよ」

「ああ……大丈夫……大丈夫だ」

もつれる舌で言いながら、スカールは壁にすがって上半身を立て直した。

痛みなどはどこにもないが、すさまじい力の導管にされた疲労と、門を開いていた間じゅう頭の中を飛び交っていた理解できない光景や言語に混乱しきっていた。今となってはそのかけらすら思い出せないが、その中にはひどく重要なこと、おそらく世界の根幹にすらかかわる秘密があって、しかしそれは人間の脳には大きすぎる知識なのだ。

ザザとウーラが神妙な顔つきで近づいてきた。ザザはいつのまにか鴉の姿に戻っている。ウーラも毛皮についた血が消えて、もとの銀狼の姿になっていた。

スカールは肩で息をしながら手ににぎりしめた物を見た。

それは掌にちょうど収まる程度の卵形をした宝石で、なめらかに磨かれ、豊かな大地の濃茶と太陽のまばゆい金色を帯びていた。透明な表面の奥にはひっきりなしに虹が走り、光が弾け、赤や黄色、青、緑、その他言い表しようもないさまざまな色彩が目まぐるしく燃えていた。

(三つの名。三つの石。三つの力)

(ひとつは求め、ひとつは開き、ひとつは留める)

（瑠璃、瑠璃と琥珀、瑠璃と琥珀と碧玉）

（求めるは瑠璃、開くは琥珀、留めるは碧玉）

（それらの名は）

（名は）

（名は――）

「――〈ミラルカの琥珀〉」

手の中の宝玉に向かって、スカールは呟いた。

第三話　力と罪と

1

あたしは火だ。燃えさかる炎だ。

何だって焼いてやる、あいつらみんな——あいつも、あいつも、あいつも——ほら、苦しめ、燃えてなくなれ、あたしの——が燃えてこなごなになったみたいに、みんな消えろ、灰になれ、風にのって飛び散れ、跡も残さず、みんな、消えろ、消えろ、消えろ！

これほど純粋な歓喜は味わったことがなかった。意識を向けるだけで敵が炎に包まれ、炭と灰になって転がる、彼女は声を上げて笑う。踊る。なんて楽しいんだろう！　彼女のまわりで炎もいっしょになって踊る。甘えるように手に、足に、胸にすりよってきて、かわいい子犬みたい。

あんたたちも力を振るえるのを待ってたんだね、よしよし、好きにお使いよ。あたしはただ――あたしは――あたし――

あたしは――誰？

『アッシャ！』

誰？　アッシャ？　なんだか聞いたことがある、だけど誰だろう。

この女の人は？　どこかで見たことがある――誰だっけ――すごく、すごく見覚えがある――でも、ああ、炎が呼んでる、もっともっといっしょに遊ぼう、踊ろうって――なにもかも忘れて、みんなみんな焼いてしまおうって、炎が――

何するの、あたしを引き離さないで、引っ張り戻さないで。怒った火たちが襲いかかる。黒い髪――きれいな、つやつやの真っ黒な長い髪――が、紙みたいに燃え上がる。サリアの神殿の巫女さまみたいなきれいなお顔。近くにある。苦しそう。誰がやってるの？　あたしがこらしめてやる、あたしの大切な人を傷つけるやつらは二度とぜったいに許さない、あたしは火、あたしは炎、あたしは――

きれいなあの人が呼んでる、焼かれてる、可哀想、やめて！　あの人をいじめる奴は許さない、あたしの家族を殺した、街を焼いたあいつらとおんなじように殺してやる、ああ、この火はどこから来てるの？　やめなさい、止まれ、離れろ、消えろ失せろなくなれ！

だが火は失せず、ますます勢いを保って渦を巻き、勝ちどきを上げ、天まで吹き上がり、美しいあの人までその中にかき消える。彼女は叫ぼうとし、手を伸ばすが、そのための喉も手も自分には残されていないことに気づく。みわたすかぎりただ一面の業火、あるのはそれのみ。もはや自らの肉体さえ、火の粉をあげる炎の一片にすぎない。

アッシャは口を開け、そこから悲鳴の代わりに、パチパチ音を立てる炎の奔流が噴出するのを見た。

＊

しばらくは心臓のはげしい動悸しか感じられなかった。石造りの天井とふかふかの枕の端、見えている物を判別するのにはしばらくかかった。頭を回すと首と頭が声が漏れるほど痛んだが、胸の上にかかった毛布。頭を回すと首と頭が声が漏れるほど痛んだが、寝台のかたわらの卓上に揃えられた水差しと水盤、布、包帯や薬の一式、そして、その卓のそばに腰掛けて目を瞑《つむ》っている、黒衣の魔道師の姿が見えた。

魔道師はゆっくり目を開けた。

「目がさめたか、アッシャ」

「お師……匠」

喉がカラカラでうまく話せない。ヴァレリウスは腰を上げて水差しと吸い飲みをとり、中身を注いで口にあてがってくれた。

「ゆっくり飲め。治療はしてあるが、まだ喉や消化器はよく動いていない。気分が悪くなるぞ」

　水にはなにか果物のいい匂いと、薬草っぽいつんとした味があった。水差しいっぱい飲み干したいところだったけれども、ヴァレリウスはほんの少しずつしか容れ物を傾けてくれなかったので、口の中を湿らせるくらいしか飲むことができなかった。

「あたし——あたし、どうなったの？　身体じゅう痛い」

　ぐったり枕に頭をあずけながら、アッシャは呟いた。

「だろうな。どこまで覚えている？」

　お師匠は疲れてるみたいだ、とアッシャは思った。いつも疲れた顔で大儀そうだけど、今日は特に。

「……お師匠と向かい合って修行してたとこ。火の精霊を呼び出してた」

　頭が痛い。アッシャは顔をしかめながら、霧のかかった記憶を必死になって掘り起こそうとした。

「それから何か——声が聞こえて——助けをもとめてて、あたしは行かなくちゃって思って、それから——それで——……」

　そこから先を続けようとしてしばらく沈黙し、やがて、「わかんない」と途方にくれて付け加えた。

「ねえ、いったい何があったの、お師匠？　変な夢を見たんだ、あたしが火になって、いろんなものを焼いて回ってる夢。みんな、何もかも焼いちゃって、それが嬉しくてたまらなくて、でも気がついたら、あたし、身体がなくなってた」

喉が恐怖でひきつった。ひきつる喉があり、舌があるということに、アッシャは心の底から安堵した。

「ねえ、魔道師って夢占いもできるんでしょ。あれ、いったい何の夢？　あたし、なんでこんなとこにいて、こんなに身体中痛いの？」

ヴァレリウスは黙っていた。自分も水差しから一杯注いで音を立てて飲み干し、それから、椅子を立って窓辺に寄り、アッシャからは背中しか見えなくなった。

「お師匠？」

「……お前は暴走したんだよ、アッシャ」

ひどく力ない声だった。

「暴走？」アッシャはとまどった。

「暴走ってどういうこと？　あたしは地下でお師匠と修行してて」

「その修行中で、火の精霊を体内に融合させたお前は、地上で起こった騒ぎに反応して、身体中に火の精髄を充満させたまま飛び出していってしまったのだ」

「飛び出して……いった？」

「お前の夢は夢ではない、アッシャ」

ヴァレリウスはくるりと向きを変えて、窓辺に腰を下ろすように寄りかかった。

「お前は火の精霊とほとんど同化した状態で盗賊どもが荒らしていた村に飛び込み、村ごと盗賊どもを焼いてしまったのだ。リギア殿が命を賭してお前を引き戻してくださったが、あのまま行けば、お前という人間の個性は消滅し、火の精霊の力の一部として取り込まれてしまっていたろう」

アッシャは反論を探して口を開けたが、何も言葉を見つけることができなかった。

あの生々しい真紅の夢、炎の中で踊る歓喜、焼けてゆく世界、気がつけば身体がなかった恐怖、すべてがヴァレリウスの話が真実だと教えていた。炎の渦に消えていく「あの人」の姿を思い出して、アッシャは震え上がった。

「騎士様は無事なの？　リギア様は？」

「なんとかな。まったく、無茶をなさる」

右手をあげてヴァレリウスは眉間をもんだ。

「間一髪で俺が間に合い、火を消し止めて治癒の術を行った。今は自室で休まれている。あと少し遅ければ死ぬか、二度と騎士として立てない身体におなりだったろうが、まだ傷が俺の術が効果のある範囲にとどまっていてよかった。まだ注意して治療を続ける必要はあるが、まあ半月ほどで元にもどられるだろうよ」

「そうなんだ」アッシャは大きく息をついた。「よかった……」

「本当にそう思うか？」叩きつけるようにヴァレリウスは言った。「本当に？」

「な、なにさ、お師匠」

ヴァレリウスの声の鋭さに、アッシャは寝台の上で身を固くした。

「だって、騎士様は無事で、悪い盗賊はみんないなくなったんだろ。なんにも悪いことなんてないじゃないか。あ、あの、あたしがお師匠の言うこと聞かなくて飛び出しちゃったのは悪かったし、騎士様に怪我させちゃったのも悪かったし、あの、それは起きられるようになったらうんと謝りに行くけど、これからはもっと気をつけるし、その、つまりは村を助けたんでしょ、あたし。だったら、それでいいじゃない」

ヴァレリウスはじっとアッシャの顔を見つめた。その顔があまりに疲れ果て、力なく哀しげに見えたので、さらに続けようとしていたアッシャはぎくりとして口を閉じた。

「……まあ、今はとにかく身体を休めろ」

深いため息とともにそう言い残して、ヴァレリウスは窓辺を離れた。

「リギア殿にお前が目を覚ましたとお伝えしてくる。一時は自分の方がひどい状態だったというのに、あの方ときたら、口を開けばお前のことばかり心配していらっしゃったからな。これでなんとか少しはおとなしくなってくださるといいが。まったく、俺の患者というのはなぜこう言うことを聞かん人間ばかりなのだろうな」

「あ、……」

お師匠、と呼びかけようとしたが、もうその時にはヴァレリウスは部屋を出て、靴の音を鳴らしながら階段を下りていくところだった。

アッシャは枕の上に頭を戻し、天井を見上げた。薬の爽やかな匂いがする。窓からそよ風が小鳥の声と木の葉のそよぎを運んでくる。

身体は痛かったが、平和そのものだった。その静けさが、なぜか不安だった。眠けを感じて目を閉じると、真っ赤な炎の世界が広がった。あわてて目をあけようとしたが、もう眠りの手がアッシャをとらえていた。再びアッシャは燃えさかる火の夢の中に落ち込んでいった。

*

何が知らせたのかわからない。煮えたぎる紅と焼けていく人体のなかにひらめいた一瞬の光か、体内をうねりくねる力のあげた苦悶の叫びか。

アッシャははっと目を開け、眼前にぎらつく包丁の鋭い切っ先を見た。

間一髪で横へ転がると、包丁は刃のなかばまでずぶりと枕を突き刺し、引き裂いた。羽毛が飛び出し、雪のように舞い散った。

「誰……」

声を上げようとしたとたん、寝台の反対側に転げ落ちてしたたか背中を打ちつけた。一瞬、息もできずに横たわっていると、襲撃者は寝台を乗り越えてこちらへ向かってきた。

途中で足を止め、見下ろした。アッシャ自身とそういくつも変わらない年頃の娘だったが、もつれた髪の間の目は憎悪にぎらつき、ひびわれた唇は笑みとも涙ともつかない形にねじ曲がっていた。

「魔女」

ひとこと彼女は言った。蛇が毒を吐くような口調だった。

「魔女。化け物。あたしの村を焼いた、悪魔」

あっ――とアッシャは叫ぼうとした。

その前に、飛び降りるようにして娘が襲いかかってきた。やみくもに突き出される包丁が肩や肘をかすめ、鋭い痛みに悲鳴がもれた。寝台からずり落ちた枕をつかんで盾にしたが、切り裂かれてぼろぼろの羽毛袋はたいして役に立たず、突きだしてくる切っ先からあやうく顔をそらしてよけるたびに、ふわふわと羽毛が飛び散った。

「やめて！　やめて！」

何が起こっているのかわからなかった。アッシャは枕を押しだし、ずきずきする身体をねじ曲げて、相手の襲撃からひたすら身をかばった。流れてきた汗が顔の火傷にしみた。

「誰なの？　あたしが何をしたの？　なんでこんなことするの？　やめてよ、痛いよ！　お願いだからやめて！」

返ってきたのは悪意に満ちた笑い声だけだった。ぺらぺらの布だけになった袋が奪い取られ、肩をつかまれてアッシャは床に頭をぶつけた。

窓の明かりにくっきりと黒く、刃物をかかげた娘の影が見えた。笑っていた。泣いているのか笑っているのかわからない顔で、口だけが耳まで裂けそうなにたにた笑いになっていた。白い歯が不気味に光っていた。

「なにもかもあんたのせいだ」

にたにた笑いの口がそう言った。

「死ね。ばけもの」

包丁が振り下ろされる。アッシャは避けることも忘れて、たった今の一言が耳の奥に反響するのを聞いていた。ばけもの。ばけもの。

——あたし、ばけものなの？

いきなり身体の上から重みと影が取り除かれた。包丁が床に落ちた。金切り声で暴れる物音が聞こえた。

「アッシャ！」

息せききった声がした。

「アッシャ！　無事か。どこにいる？」

返事をしようとしたが声が出ず、咳こんだ。

足音が近づいてきて、寝台の頭側からヴァレリウスの疲れた顔がのぞいた。あちこちに切り傷を作っているが、大した怪我はしていないようすなのを見て取って、灰色の目が安堵の色を浮かべた。

「どうやら間に合ったようだな。よかった」

「なんでそいつを殺させてくれないの！」

兵士に両腕を押さえられている娘がわめいた。茶色い髪はぼさぼさに乱れ、赤い点のできた頰は涙でぐしゃぐしゃになっている。二人組の兵士が両方からかかっても抑えておくのがやっとだった。

「そいつはあたしの村を焼いたの。あたしたちはもう村へ帰れない。父さんも母さんも死んじゃった。家鴨《あひる》のいる池も、羊の囲いも、家畜小屋も林檎の林も、畑も森も、みんなそいつが燃やしてしまった！　あたしはいったいどうすればいいの？　どこで生きてけばいいのよ、ねえ！」

ヴァレリウスに助け起こされながら、アッシャは茫然とその告発を聞いていた。魔道師の腕に抱き抱えられた赤毛の少女に向かって、娘はさかんに足を踏みならし、唾を吐いてけたけた笑った。

「そら、あたしも焼いてみなさいよ、どうなのよ、できるんでしょう？　ここの騎士様がたまで焼こうとしたんでしょう、知ってんのよ！　見境なく何でもかんでも燃やして灰にして、目につくものみんな焼き殺しちまって、なのに自分だけのうのうと生きてるなんて、そんなのありなの？　ああ、あたしの村！　父さん、母さん！」

堰《せき》を切ったように娘はわっと泣き出した。ヴァレリウスが無言で手を振り、まだ弱々しく抵抗する娘を外へ連れ出させた。

「呪われるといいわ、化け物」

泣きじゃくるあいまから娘の呟く声が届いた。

「あんたなんか、生まれてきた元のドールの地獄へ戻って、永遠の火の海で溺れてればいいんだ！」

悲鳴と泣き声と呪いまじりの騒ぎが遠ざかって聞こえなくなるまで、アッシャはヴァレリウスに支えられて身じろぎもしなかった。まばたきを忘れた目がだんだんひりついてきて、我慢できずにまばたくと、はじめて、大きな涙がぽろりと落ちた。

「お師匠」

前を見つめたままアッシャは言った。

「あたし——ばけものなの？」

答えるのにヴァレリウスはしばらく間をおいた。

「……そうだな」

低くかすれた声で彼は言った。

「ある意味においては、そうも呼べるだろうな。少なくともあの娘に関しては、おまえは故郷を焼いた化け物でしかあるまいよ」

アッシャは引き裂くような悲鳴を上げた。身をよじってヴァレリウスにつかみかかり、弱々しい手で師匠の胸を叩き、顔をひっかき、腹を蹴ろうとした。

「違う！」

もがきながらアッシャは叫んだ。

「違う、あたしはばけものじゃない、ばけものなんかじゃない、あたしは――あたしはただ、あたしは――あたし――……」

「そうだ、お前は化け物ではない。だが、ただの人間でもない。聞け、アッシャ」

がたがた震えて息をきらせているアッシャを、ヴァレリウスはきつく黒衣のうちに包み込んだ。

「お前の秘めている魔力はきわめて強力だ。扱いを誤れば大変なあやまちを起こす。今起こったことがそれだ。お前は火の訓練の最中に、火の精髄に満たされたまま、竜頭兵への恨みと復讐心に突き動かされて暴走した。

結果的にお前はあの村を焼き、あの娘から故郷を奪った。娘の父母が死んだのはお前のせいではないが、彼女の中では、すべてがお前のやったことになっている。おそらく、そうせねば耐えられないのだろう。憎むべき誰かがいないかぎりは」

「あたし――あたしは、だって」

一度流れ出した涙は止まらなかった。ヴァレリウスの胸によりかかったまま、アッシャはしゃくりあげた。

「誰かが助けを求めてた、蛇の顔をしたやつらがいるって。だからまた、あたしの父さんと母さんを、パロを奪ったあいつらが、ここまでやってきたんだって思って、だから、あたし――だから……」

「ただの盗賊にすぎなかったんだ、アッシャ」

もっと幼い子供にするように、ヴァレリウスはアッシャを抱えてゆすった。

「どうやって聞きつけたのかはまだ調べている最中だが、パロを襲った竜頭兵の噂を耳にしたならず者どもが、蛇の仮面と鱗で変装して、怪物のふりをしていただけだったんだ。あの娘の両親は抵抗しようとして二人とも殺されていた。少なくとも、そのことに関してお前に責任はない」

「でも他には？」

消え入りそうな声でアッシャは囁いた。

「あの子、あたしが村を焼いたって言った。二度と村には帰れないって。畑も、家畜小屋も、家鴨の池も、みんなあたしが燃やしたって。それ、ほんとなの？　あの子はもう自分の家に帰れないの？」

「ああ」

ひとつ深く息を吸って、ヴァレリウスは答えた。

「ああ、そうだ。火の精髄に焼かれた土地には二度と何も生えない。何も生きられない。あの娘を含めた村の生き残りは、新しい場所で別の生活を始めるしかないだろうな」

アッシャは空気を求めるように喘《あえ》いだ。

それから、とめどもなく泣いた。自分にはどうしようもない理由で引き出される、幼い子供の涙だった。ヴァレリウスはアッシャの肩を支える腕を動かさず、涙を流させるままにしていた。

とうとう涙が尽きてひくひくと肩を震わせるばかりになると、赤ん坊にするように抱き上げて、そっと寝台に戻した。

「もうしばらく寝ているがいい。まだ体力も精神力も回復しきってはいないはずだ。リギア殿のおかげでお前は戻ってこられたが、あと少しで、肉体も精神も炎と同化してしまう瀬戸際だった。元に戻るにはまだ時間がかかる」

「あたし――あたし、どうすればいいの」

ぺちゃんこになった袋の代わりに、ヴァレリウスの脱いだ外套を畳んで頭の下に差し込まれながら、アッシャは弱々しくもがいた。

「寝てなんていられない。頭の中がめちゃくちゃだよ、お師匠。騎士様のとこへ行きたい。行って話したい。謝りたい。あの女の子どこ行ったの？　ひどいことされてない？　あたし、どうしても──」

「眠るんだ、アッシャ、眠るんだよ」

ヴァレリウスは指を唇に添えてアッシャを黙らせ、断固として寝かしつけると、毛布を肩まで引き上げてやった。

「すべてはそれからだ。今のお前は事態に真正面から立ち向かうだけの力をまだ取り戻していない。リギア殿は大丈夫だし、あの娘も今頃は落ち着いていることだろう。眠りなさい、アッシャ」

最後の一言に魔道師の力が込められていたのかどうか、意に反してアッシャは意識に霧がかかり、ぼんやりと漂い出すのを感じた。腕をおとしておとなしくなった少女をヴァレリウスは沈痛な目で見やると、投げ出された腕をそっと毛布の下に入れてやった。影のようにするすると離れていく師匠の後ろ姿に待って、と呼びかけようとしたが、口も舌も鉛のように重くて動かなかった。戸口のところでヴァレリウスは立ち止まり、両側に立っている兵士二人と低い声で話している。

何を話しているんだろう、あのひとたちなんであんなところに立ってるんだろう、とぼんやりした頭で思い、彼らがあの娘のような襲撃者から彼女を守ろうとしているのか、それとも、彼女から「外の世界を」守ろうとしているのかわからないことに気づいて、胸を突かれるような衝撃を覚えた。兵士の一人がヴァレリウスと話しながら中をちらりと覗いた。兜の下のその目に、あきらかに恐怖と警戒を見てとった気がして、アッシャはほとんど気絶するように、今度は火も何もない無意識の深淵へ転げ落ちた。

2

それから数日は無意識と半覚醒のあいだを行き来するうちに過ぎた。枕はいつの間にか新しいものに取り替えられ、敷き布や傷の湿布、麻の寝間着も定期的に換えられているようではあったが。アッシャは一日のほとんどを眠って過ごし、ヴァレリウスが食事の盆を持って日に三度現れる時だけ起きた。ぼんやりして食べ物をこぼしかねないアッシャの手に代わってヴァレリウスは黙ってパンを割き、スープの匙を支えてくれた。

「騎士様は？　女の子は？」

夢うつつで口を動かしながら、そのたびにアッシャは尋ねた。

「騎士様はどうなさってるの？　あの女の子は泣いてない？」

ヴァレリウスの答えはいつも同じだった。

「大丈夫だ、アッシャ、大丈夫だ。眠りなさい。もう少しの間」

そしてアッシャはため息をついて横たわり、眠った。

アッシャにもう少し考える気力と時間が残されていれば、なぜ多忙な身である——少なくとも、小姓のようにせっせと病人に食事を運ぶような身分ではない――ヴァレリウスが、わざわざ自分で三度の食事を運んでくるのか疑問に思ったかもしれない。運ばれてくる食事がいつもほんの少し口をつけられた状態であることにぞっとしたかもしれない。

だが、靄に包まれた状態のアッシャの注意力はただ口に入れられたものを反射的に嚙んで飲み込む程度にしか働いていなかった。時間がきて交代する見張り役の兵士たちが低声で囁きあっては、部屋の中に投げる危険な猛獣を見るような目つきを見ることがなかったのはしあわせだった。ほとんどヴァレリウスしか足を踏み入れることのない病室は少女の寝息と、ときおりうなされて寝返りを打つ衣擦れの音しか聞こえなかった。

それでも、とうとう床上げの日はきた。まだ少しぼんやりしているアッシャに着替えを渡し、ヴァレリウスは別室に用意された湯気のあがる盥《たらい》に彼女を案内した。少し伸びてくるくると巻き始めた赤毛を洗い、寝ている間にたまった汗や汚れを落としてしまうと、いっぺんに頭が晴れた。

新しいシャツと靴は前のより少し大きかったが、ぴったりと合って驚いた。どうやら感じていたよりずっと長く、自分は眠っていたらしい。

頭を拭きながら出ていってみると、ヴァレリウスはいなかった。

「お師匠？」

とまどって呼びかけると、通路の窓の下からヴァレリウスの声がした。

「中庭にいる。降りてきなさい。少し話そう」

「ここだ」

＊

庭への階段を降りるだけで膝がくがくした。おっかなびっくり壁につかまりながら、アッシャはそろそろと足を下ろした。寝ている間にすっかり筋肉が弱ってしまっていたのだ。

ようやく庭につくと、ヴァレリウスは陽のあたる花壇の縁に腰を下ろし、黒衣の襟に顔を埋めるようにしてじっとしていた。明るい陽光の中で、そこだけが切り取ったように黒く沈んでいた。アッシャは足を止め、それからなぜ立ち止まったのか自分でいぶかった。

「ばかみたい。あれはお師匠じゃないの、あたしの」

声に出してそう呟いてみる。女の子がやってきたときも助けてくれて、食事をさせてくれて、傷の手当てだってしてくれて（眠っている間も膏薬や湿布をかえてくれたのはヴァレリウスだと彼女は直感していた）、そんな人が、あたしになにか怖いことなんてするわけない。

なのに、彼女の足を一瞬止めさせたのは、まぎれもない恐怖、というのが強すぎるならば、恐れ、というべきものだった。明るい光の中に黒々と居座るやせっぽちの黒い影を見たとき、なにか異質な、きわめて危険なものが、そこにうずくまっているように感じたのだ。

きっと長いこと寝過ぎたからだ。そのせいだ。

ふわふわした巻き毛になってきた頭をぶるっと振って、アッシャは大股にヴァレリウスのそばまで歩いていった。座れ、の手真似に応じて、隣にすとんと腰を下ろす。ヴァレリウスはなかなか口を開こうとしない。自分から、話そうと言ってきたくせに。黙って待っていると、お尻がむずむずしてきた。そっと腰を上げてさする。寝ている間に肉が落ちて、骨がとがったところが石にあたって痛い。

「アッシャ」

じりじりしてきて、自分から何か言おうとしかけたとき、ヴァレリウスがようやく言った。

「アッシャ――お前、魔道師になるかどうか、もう一度考え直したくはないか」

たっぷりふた呼吸の間、アッシャはぽかんと口を開いて師匠のしょぼくれた痩せた顔を見つめた。

それからぱっと立って、その正面に肩を怒らせて向かい合った。師匠の灰色の目に冗談を言っている気配はなかったが、もし冗談で言われたとしても、アッシャは猛烈に腹を立てていた。

「考え直す？　考え直すって、何を？」

あまり猛然とつっかかったので、口からつばが飛んだ。意図したことではなかったが一部はヴァレリウスもかかったらしく、彼はうわのそらの顔で指で頬をこすった。両拳を握りしめて、アッシャはくってかかった。

「あたしに魔道師になれって言ったのは師匠だよ。なのに、今になってなんで急にそんなこと言い出すのさ？　あたしに力の使い方を教えてくれるって言ったじゃない。父さんと母さんの仇をうつ力をくれるって言ったじゃない。あたしは魔道師になる、魔道師になって、あいつらみんな焼いてやるんだ、あの竜頭の化け物どもを――」

「そして、関係ない人たちもいっしょに焼き殺すのか？　お前を襲った、あの村の娘のように」

ぐいと喉をつかまれたような気がした。アッシャは口を半開きにしたまま、殴られたように後ずさった。

ヴァレリウスは心底くたびれ果てた顔で、アッシャの目を見ようとしなかった。やせた手でやせた顎を支え、地面を這う蟻の動きをじっと視線で追っている。

「俺は、パロ奪還のための戦力としてお前を使おうとしている」

しばらく間をおいて、ヴァレリウスはゆっくりと言った。

「お前に魔道師になれと言ったのは、お前に両親の仇をうたせてやるためじゃない。もちろん、パロを奪い返すまでにはあの竜頭兵とも戦う機会が何度もあるだろうし、そういう意味では、お前のいう両親の仇討ちが叶わないわけじゃない。だが、それだけじゃない。それだけじゃないんだよ、アッシャ」

「……どういうこと」

怒りは突然起こったときと同じように、あっという間に吹き散らされていた。ヴァレリウスはまた座れ、と手招きし、アッシャは用心深く、前よりは少しあいだを空けて師匠の横に腰をおろした。

「これは戦争だ」

また長い沈黙のあとに、ヴァレリウスはぽつりと言った。

「竜頭兵は単なるその一兵卒にすぎない。俺たちが相手にするのは竜王ヤンダル・ゾッグとその手勢、奴の支配するキタイという国そのものだ。おそらく、イシュトヴァーンのゴーラ軍とも、いずれ戦うことになるだろう。他の中原の国も参戦するかもしれない。俺についていて魔道師になれば、いずれお前も、そういう戦争にかり出されることになる」

「それのどこがおかしいの」

アッシャは口をとがらせた。

「あたしの両親やパロを焼いたのはそいつらなんでしょ。だったら、竜頭兵だけでなく、そいつらだって敵だ。みんな死ねばいい。殺してやる、あたしの父さんや母さんが死んだのと同じように」

「それが、さっきのあの娘のような人間をたくさん作るとしてもか？」

ヴァレリウスの声が鋭くなった。

アッシャは鋭く息を吸い、反抗的な言葉を返そうとしたが、頭が殴られたような感じで何も言葉が出てこなかった。胸が絞られたようにきゅっと痛んだ。

「アッシャ。襲われたとき、怖かったか」

ふたたび穏やかな、疲れた声に戻って、ヴァレリウスは言った。アッシャはしばらく口をつぐんで言葉を探し、やがて、他になにも言うべきことを見つけられずに、視線を落としてうなずいた。「……うん」

「だろうな。死ぬのは怖い。誰かに憎まれるのは怖い。殺そうとされるのは怖い。お前のところに運ばれる食事がみんな少しずつ口をつけられていたのがなぜだかわかるか、アッシャ」

アッシャは愕然として首を振った。いつも半眠りの状態で食事をしていたので、とてもそんなことまで注意をはらっていられなかったのだ。

「俺がいつも毒味をしていたんだよ。誰かがこっそりお前のスープに毒を投げ込まないようにな」

ヴァレリウスはため息をついた。一瞬にして真っ青になったアッシャを横目でちらりと見て、

「俺がいつもお前の身の回りの世話や食事の運び役をしていたのもそのためだ。小姓に任せたら、買収なりされて何をするかわからんしな。パロからいっしょに来たブロン殿やその麾下《きか》の騎士たちは皆出払っているし、ここに残っている兵士はお前のことをよく知らない。彼らがお前に関して知っているのは話も通じない火の塊と化して盗賊ごと村を焼き払った、異常な力を持つ娘ということだけだ」

アッシャは口がきけなかった。

「騎士たちはまだ平静を保っているし、兵士たちも表面上はそれに従っている。だが、あの村の惨状を目にした者、またその話を伝え聞いた者は、どうしたってお前を警戒せずにはいない。それが人間の性というものだ、俺はそういうのをよく知ってる。魔道師だからな」

「ま——魔道師だから、って」

何度か唾をのみこんでから、やっとアッシャは声を絞りだした。喉が渇いてひりひりしてきた。日差しが暑くてめまいがする。

「あたし——あたしはただ、父さん母さんを殺したあいつらがいると思って——あいつ

らを生かしちゃおかないって、あいつらがいたらまた人を殺す、街を燃やすってそう思って、だから、行って——村を燃やしたり、あの子のことを傷つけたりするつもりなんて、そんな」

「ああ、それはそうだろう。だが、お前がどう考えていたかなんて、ほかの人間にはどうでもいいんだよ、アッシャ」

地面から視線をあげて、ヴァレリウスは初めてまともにアッシャの目を見た。きらめく緑色の目と疲れ果てた男の灰色の目が出会った。一方は精気に満ち、もう一方はどうにもならない倦怠と悲哀に沈んでいたにもかかわらず、アッシャはうたれたように顔をそらした。

「他の人間に見えるのは、お前が暴走して盗賊ごと村を焼き払い、二度と人の住めない灰の土地と化した事実だけだ。あの娘以外にも何人か生き残りの村人はいて、この城の別の場所にひとまず避難しているが、多かれ少なかれ、思っていることは同じだろうよ。ひょっとしたら、兵士の何人かもな。お前がいつまた正気を失って、この城もあの村同様焼け野原にしちまわないとも限らないと主張する奴らを、説得するのはいささか苦労だったよ。お前の部屋の前に立てる兵士を選ぶのもまた一苦労だった。みんな、いつお前がまた火を放って城を薪の山にするかと、戦々恐々だったんだ」

「あ——あ——あたし——あたし……」

膝においた手が震えてきた。震えはやがて体全体に広がり、アッシャはきつく両肩を抱きしめて小さくなった。身体が燃え上がりそうに熱くなり、それから凍りつくほど寒くなった。照りつける太陽の熱が、急に肌を刺す吹雪のように感じられてきた。寒くなった。

「あたし、そんなつもりじゃなかった」

言葉は涙で不明瞭になっていた。アッシャは鼻をすすり、口に流れ込む涙の塩辛い味を感じた。

「そんなつもり、なかった。あの子の村を焼くつもりも、あの子や、村の人に悪いことするつもりも、そんなこと、思ってもなかった。あたしはただ、ただあたし、あたしは――」

「竜頭兵を殺すつもりだった。もちろん、そうだろうとも」

ヴァレリウスは言葉の調子を変えずに続けた。

「だが、結果はこれだ。もちろん、俺にも責任はある。というより、おそらく、今回のことはほぼ俺の責任だ。まだ未熟な子供のお前に、性急に力を求めすぎた。お前の底の見えない魔力の強さに、思わず先へ先へと、一人前の魔道師としてさえ高度な修行をさせていた。

パロ再建のために、強力な魔道師が一日も早く、一人でも多く必要だという事情もあった。だがそれは、お前に不必要に人を傷つけさせ、お前自身まで危機にさらしていいような理由にはならない。

お前はまだ子供なんだ、アッシャ。俺はリギア殿の言葉をもっと真剣に受け止めるべきだった。強すぎる力は身を滅ぼす、多くの人間がその真理の前に破滅してきた。俺はあやうくお前を、そいつの犠牲にしちまうところだったんだ。まだほんの小娘の、お前をな」

アッシャは泣きじゃくっていた。ヴァレリウスの言葉は厳しかったが、その手は、揺れる少女の背中をなだめるようにゆっくりとさすっていた。

「だから、俺はもう一度お前に考え直す機会をやろうと思う」

一瞬涙も止まって、アッシャはぎょっと顔をあげた。

「もしお前が望むなら、俺は、お前の力を封印する。何も知らないただの娘として、またどこかの町で静かに暮らせるよう手配してやる」

自分に言い聞かせるように、ヴァレリウスはゆっくりと続けた。

「お前の力は強いが、まだ俺の封印がきかないほどじゃない。二度とあんな暴走が起こらないようにしっかり封じて、普通の娘として暮らしていけるように取りはからう。この場で、というわけにはいかない、手配やらなにやらには少々準備がいるからな。だが、お前がこれから先、人から避けられたり、恨まれたり、危険な目にあったりすることのない生活を送りたいなら、俺は全力をあげてそうしてやる。お前の力をここまで育てちまったのは俺だからな。始末をするのも、俺の責任だろう」

言葉も出ずに震えているアッシャの手をとって、ヴァレリウスは軽く叩いた。乾いてがさがさの荒れた指先は、茨のようにアッシャの肌にひっかかりを残した。

「で、でも——でも、お師匠」

アッシャは口ごもった。いろいろなことがいっぺんにこみ上げてきて、舌の上であまり大きな固いかたまりになった。

「でも——魔道師が必要なんだろ。あたしには力があるんだろ。あたしは力の制御を覚えなきゃいけないって、じゃなきゃ」

「今ならまだ間に合う。お前が自分の人生を選ぶのにはな」

しどろもどろなアッシャの言葉をさえぎって、ヴァレリウスは言った。

「魔道師になるということは、影の道を歩むということだ。普通の人々の暮らしに背を向け、古代の秘密や、隠された力や、鍵のかかった書物や呪われた骸骨といっしょに暮らすことだ。けっして口にされない任務のために空間の隙間を飛び、こそこそと人の話に耳を傾け、必要ならば邪魔な人間を始末する、何人であろうと、女であろうと、子供であろうと」

「子供……？」

「そうだ、子供だ。お前と同じような子供、あの娘と同じような子供であってもだ、アッシャ」

灰色の疲れきった目から、アッシャは視線をそらすことができなかった。握り拳をぎゅっと口にあてると、前歯が唇に食いこんでかすかに血の味がした。ヴァレリウスはそっとアッシャのこわばった腕をさすり、手を引きもどした。

「もしお前がこのまま魔道師になれば、俺はお前を道具として扱う。それが俺の仕事だからな。パロを奪回し、イシュトヴァーンとゴーラ軍を追い払い、その後ろにいるキタイと竜王に攻撃を仕掛けることが。お前の強力な魔力はまたとない武器になる。俺はそれを躊躇なく使うし、必要なら汚い仕事もやらせる。陰謀、諜報、暗殺、なんであれだ。国家に仕える魔道士というのはそういうものだ。ただの人間には不可能なことを、魔道を使ってこなす、口にはされない影の兵士だ」

皮肉めいた自嘲がヴァレリウスの唇をゆがませた。

「お前の目の前に餌としてぶらさげた竜頭兵への仇討ちなんぞ、その段階の小さなかけらにすぎない。魔道師になればお前はいやおうなしにもっと殺す。たくさん傷つける。人間も怪物も問わずに俺が排除しろと言えばお前は従わなければならないし、その結果、あの娘のようにお前を憎んだり恨んだりする者が出たとしても——まあ、確実に出るだろうが——いちいち気にしている暇はなくなる。

ある意味でお前は人間ではない者になる。少なくとも普通の人間は、俺たち魔道師を完全な同類とは認めてくれない」

唇のゆがみが深まり、ヴァレリウスは笑っているのか泣いているのかわからない奇妙な表情になった。

「女が魔道師にならないというのは、つまりはそういうことなのかもしれんな」

誰に言うともなく、彼は呟いた。

「魔道師になるということは、普通の人間の生活からは一生遠ざかるということだ。恋や結婚や、家庭を持ち、子供を育てて静かに老いていく暮らしを永遠に捨てるということだ。男でさえ、たまにそういう暮らしに憧れて魔道に背を向ける者がいる。ましてや若い娘に、これから先、お前は誰も愛してはならないし恋をしてもいけない、結婚することもない、子供を持つことも許されない、ただ影と魔道と昏い知識の探求にのみ生きろと言い渡すことがどれだけ残酷か、もっと考えるべきだった」

アッシャはもう口もきけなかった。震えながら下をむき、唇の内側ににじんだ血を無意識になめながら、固い石のように感じられる拳をきつく膝の上に押しつけていた。

「……どうしてあたしにそんなこと話すの」

ようやく絞りだした声は蚊の羽音よりも小さかった。

「魔道師が必要だって言ったよね。だったら、そんなことあたしにぶっちゃけたりしないで、餌で釣りつづければよかったんじゃないの。村を燃やしたことも、あの女の子があたしを殺そうとしたことも、お師匠だったらきっと忘れさせられる、そうなんでしょう？　パロであったことの記憶や、あたしの力を封印するとかいうより、そっちのほうがずっと簡単なはずだよ。

ううん、忘れさせなくたって、たぶんうまいこと言いくるめて、だまし続けることだってできたはず。あたしが悪いんじゃないとか、仕方がなかったとか、なんとか言って。そんなこと、お師匠にしたら朝飯前なんでしょう？　魔道師で、パロの宰相なんだから。そんなこと、前にいくらだって、したことあるんでしょう？」

「ああ。いくらでもな」

ヴァレリウスは埃まみれの軽沓《サンダル》に這い上がってきた蟻をそっと払い落とし、這いもどっていく小さな虫を指した。

「たぶんそこで這い回ってる蟻の数より多く、俺は口に出せない秘密に関わってきたし、人を傷つけたり殺したりも、その過程でたくさんやった。それがパロにとって必要ならな。望んでなった地位じゃないが、ああ、俺は魔道師で、かつ、パロの宰相だからだ」

「だったらなんで、あたしにもそうしないの？」

灰色の目が一瞬焦点を失い、どこか遠くを見る目になった。右手の指がひきつるように動き、今はなにもつけていない左手の薬指を神経質な動きで探った。

「――さあな。なんでだろうなあ」

ややあって、奇妙に間延びした口調でヴァレリウスは答えた。

「俺には選択の余地はなかった。だが、お前にはまだある。だからかもしれん。……いや、違うな。正直に言えば、今だって選択の余地なんぞないも同然だ」

ヴァレリウスは放心したような表情でゆっくりと握り拳を作ってはまた開くのを繰り返していた。

「俺はパロの宰相で、俺自身のどうこうより考えなきゃならんのは、これからパロをどうすべきかだ」

アッシャに話しているというより、それはヴァレリウス自身の内面の声そのもののようだった。灰色の目はぼんやりと遠いどこかを見ている。

「パロにはもう兵もない。市民もいない。女王陛下は囚われの身だ。魔道師はほとんど死んじまって、生きてるのは、少なくとも今すぐ連絡がつく範囲では、どうやらこの俺だけらしい。

そんなことじゃとても無理だ、イシュトヴァーンと、それからその後ろにいる竜王を押し返して、パロを奪回するにはな。もしサイロンについて、ケイロニアの後ろ盾を受けられたとしても、グイン王だって自分の国を守らなきゃならん。ここまでボロボロになったパロを再建するのに、どれだけ力を割いてくれるかは期待できん。そしてお前は強だから強力な魔道師が必要だ、というのはまったく変わっていない。

力な魔道師だ。少なくとも、そうなるだけの資質を秘めてる。有り余るくらいにな。俺が見てきた候補生の中でも、お前くらいに強烈な魔力を一気に発揮できる奴は見たことがない」

以前のアッシャなら、この言葉に有頂天になったかもしれない。だが、ヴァレリウスの苦い口調と、痛みを押し殺しているかのような背中を丸めた姿勢には、アッシャの喜びを灰に変える何かがあった。アッシャは目を閉じ、ふたたび、炎の真紅とぞっとするような破壊の歓喜を思い出して、陽光の中で凍るような寒気に身を震わせた。

「……あの方なら、なにも迷いもなさらないんだろうがな」

しばらく黙ったあと、呟くようにヴァレリウスは言った。

「あの方なら、果たすべき役割を前にして、不必要な感情なんぞで揺らいだりはなさらんのだろう。お前の記憶を消すか、甘い言葉で丸め込むか。それとも、手っ取り早く意志を潰した操り人形にして、便利な兵器として使役するか。まあ、たぶんそれがいちばん正しいんだろう、パロを守る道としてはな。しかし、俺は――」

ヴァレリウスの声は途中で細って消えた。せわしく握ったり開いたり繰り返していた手は、今度はきつく組み合わされ、石のように白くなった。一方の指が左手の薬指をきつく押さえ、かすかに震えていた。

「――俺は単に意気地なしなんだろう。きっとな」

身を固くしているアッシャに半面を向けて、ヴァレリウスはかろうじて笑いとれる程度に唇を曲げてみせた。

「俺はたぶん、お前という人間ひとりについての責任をしょいこむことが怖いんだ」

「あたしの……？」

「お前の記憶を消したり、甘い言葉で騙したり、意志を失わせたり、そうやって、お前という人間の人生を奪ってしまうことが怖い」

視線を前にもどして、アッシャの顔を見ずにヴァレリウスは続けた。

「お前がたとえ二度と思い出すことがなくても、俺は覚えてる。お前を騙したこと、意志を奪ったこと、何も知らない娘の心を殺して兵器にしたことをずっと覚えてる。一生忘れられない。俺は意気地なしだから、そういう思いに耐えられないんだ。罪の意識というのかね。

自分自身のことについてはかまわん、俺はとっくにいい大人だし、この地位についたときにもう腹はくくった。だがお前はまだ子供だ。まだ自分の人生と呼べるものも持ってない、ただの子供だ。魔道の力に目覚めたのも、お前の意志からじゃない。魔道師になるという目標さえ。そのことに、あの村の事件で初めて思い知らされたんだ」

「あれはお師匠のせいじゃないよ」

あまりに痛々しいヴァレリウスの声に、アッシャは夢中でぎゅっとヴァレリウスの袖にしがみついた。

「あれはあたしが——あたしが、ただ——あたしが……」

「いや、あれは俺のせいだ。俺が急ぎすぎた」

灰色のぼさぼさ頭が左右に揺れた。

「お前の上達があまりにも早いのにつられて、お前がまだ不安定な心のほんの子供だということを忘れちまってた。少なくとも、もっとゆっくり修行を進めるか、お前の精神を鎮めて怒りや衝動を制御できるようになるまで、魔力に関する訓練は必要最小限に留めるべきだった。あの事件が起こったのは、アッシャ、ほかならぬ師匠たる俺の判断の誤りからだ」

アッシャは唇をきつく嚙んで、ヴァレリウスの袖にぶらさがるように力をこめた。塩辛い涙が鼻を伝って顎へと流れ落ちた。

「だがそれでも、起こってしまったことはもう戻しようがない」

うつむくアッシャの赤い巻き毛のつむじに向かって、ヴァレリウスはそっと言った。

「村人たちはお前が自分たちの村を焼いたのを知ってて怖がってるし、憎んでる。城の兵士やあの場にいた騎士たちも、お前を恐れてる。お前がいつまた、炎に支配されて暴れ出すかしれないと思ってる。

これから先、もしお前が魔道師として生きていくなら、お前はずっとそういう視線に耐えなきゃいけない。どんなに修行して、心を強く持てるようになったとしても、普通の人間にとって、魔道師というのは得体の知れない、なかば怪物のようなものなんだ」

アッシャの指先が白くなり、ヴァレリウスの衣にしわを作った。

「なあ、お前はほんの小娘だ、アッシャ。何度でも言うが」

諭すようにヴァレリウスは言った。

「まだこれから先、いろんな人生を選び取ることができる。きれいな服で着飾ってみたくなるかもしれないし、誰かを好きになるかもしれない。結婚して子供を持ちたいと思うかもしれない。

魔道師になるということは、そういうことを全部あきらめるということだ。人間らしい生活も、心も、みんな捨てるということだ。あの娘が言ったように、普通の人間からはずれた『化け物』になるということだ」

「『化け物』……」

アッシャの喉がひくっと鳴った。細い指が魔道師の黒衣を突き破りそうに鋭く突きたっている。ヴァレリウスは放させようとはしなかった。

「だから本当にそうなりたいのか、もう一度よく考えろ。両親の仇をうちたいのはわかる。竜頭兵が憎いのもわかる。だが、お前がその思いに呑みこまれてなってしまったものについて、よく考えろ。あの娘はお前を化け物と呼んで殺そうとした。あの娘とお前と、何が違う？　あるいは、お前にとっての竜頭兵と、あの娘にとってのお前と？」

アッシャの指から力が抜けた。

微かな衣擦れの音をたててヴァレリウスは立ち上がった。指の間をすり抜けていく黒衣の肌にまといつく感触をアッシャは感じた。

「答えを急がせる気はない。いずれにせよ、しばらくはこの城から動けんのだしな。じっくり考えて、それから決めろ。ただし、決めるのは一度だけだ。パロの再建のためには、俺もやらなきゃならんことがいろいろある。お前ひとりにばかり時間を割いているわけにもいかん」

「魔道師にならない、ただの小娘に割く時間はないってこと？」

ヴァレリウスは答えなかった。

摺り足で、影のように回廊へ向かう後ろ姿にむかって、アッシャは呼びかけた。「お師匠！」

石段に片足をかけて、ヴァレリウスは振り向いた。

「もしあたしの記憶を消すとしたら、パロでのことの記憶も消すの？」

ぎゅっと自分の服をつかんで、アッシャは足もとを見つめていた。

「父さんと母さんのことも？　それから、あの子の村を焼いたことも？　あの子があたしを憎んで殺そうとしたことも、全部……？」

「ああ。全部な」

口重くヴァレリウスは答えた。

「お前の魔力を封じるには、それに関するすべての記憶を封じなきゃならん。万が一にもまた暴発しないためにも、これまでの記憶はいっさい消して、新しい記憶を植えつける。お前はまったく新しい人間になって、新しい人生を歩くことになる、アッシャ。両親のことも村を焼いたことも、みんな消える。そうでなきゃならない。もしかけらでも覚えていたら、それが引き金になっていつ封印がとけるかわからんからな」

黒衣の裾が黒い鳥のようにひらめき、回廊のうす闇にとけ込んだ。ふいに誰の気配もなくなった中庭で、アッシャはひとりぽつんと立ち尽くしていた。

3

喉が渇いていたし、空腹でもあった。これほど頭の中がぶんぶん唸っているのに、おなかが減ったと感じるなんて変だとアッシャはぼんやり思った。ほんとならそんなこと感じるはずがない。あたしは村に火を放った。魔力に身体を任せた。騎士様を傷つけ、村の人たちを傷つけ、あたしと変わらない女の子に帰る場所を失わせた。

お師匠はあたしに選べと言ってる。

あたし、ばけものなの？

身体中がかっかと熱を出したように熱い。さっきお師匠と話してたときは凍えるくらいに寒かったのに。ううん、今も寒い。頭の中はぐつぐつスープの鍋みたいに煮詰まってるのに、身体の芯には氷の塊が居座ってる。

無意識に両手で二の腕をこすりながらふらふらと通廊を歩いた。どこといって目当てがあるわけではない。ここに来てからの大半をヴァレリウスとの魔道の訓練に費やしていたために、アッシャはこの城の中をほとんど知らなかった。

ヴァレリウスの姿は見えない。

いくつかの誰もいない部屋を通り過ぎて、音の聞こえるほうへ向かった。水のはねる音や、元気にののしりあったり笑ったりしている声が聞こえる。きっと従士の男の子たちだろう。かすかに馬の臭いと、藁や飼い葉の乾いた日なたの匂いがする。

アッシャが影から出ていくと、にぎやかさはぴたりと静まった。

そこは騎士たちの馬が世話される一角だった。従士を務める少年たちが賑やかに騒ぎながら馬の背をこすり、蹄鉄の手入れをし、飼い葉をいれ、受け持ちの馬の鼻面をさすって元気よく走り回っている。

少年たちが、まるでいきなり彫像になったかのように中途半端なところで動きを止めた。ぽかんと口を開け、こちらを凝視している。顔色を変えて、馬の後ろにもぐりこもうとしている小さい子もいる。腰の短剣に手を伸ばしかけて、迷うようにそこで止まっているいくらか年長の少年も。

まるで、あたしが今にも怪物に変身して暴れ出すと思ってるみたいに。

「何の用だ」

いちばん年長らしい、ひょろっとした少年が口を利いた。うっすらと口の周りに産毛が生え始めているが、まだ二十歳にはなっていないだろう。仲間の全員をかばうように前に出て、胸をそらして腕を組んだが、目の奥にある恐怖と怯えがアッシャには見てとれた。

「なんにも」

小さな声でアッシャは答えた。

「声がしたから。あと、おなかがすいた。どこに行ったら、食べ物がもらえるの？」

「厨房《ちゅうぼう》はあっちだ」

少年は乱暴に手を振り、アッシャが入ってきたところからは左手方向のごたごた物の積まれた裏口をいいかげんに指した。

「食べたきゃ自分でもらってくるんだな。俺ならお前みたいな奴に食い物をやるなんて無駄なことはしないが。出歩けるとは知らなかったよ。あのパロの魔道師はいっしょじゃないのか？」

視線が槍のように全身に突き刺さる。アッシャはごくっと唾をのみ、頷いた。指された方へとぼとぼと向かう。近づかれた少年たちがこそこそと、あるいはせいいっぱい威厳を保ちつつも、自分から距離をとることがわかってきゅっと胸が痛くなった。

「わっ」

前が見えないほどいっぱい荷物を抱えた少年がよろよろ入ってきて、まともにアッシャにぶつかった。尻もちをついたアッシャにあわてて手を伸ばし、

「すいません、お嬢さん。前が見えなかったもんで、俺——」

「おい」

警告するような声がとんだ。少年は肉付きのいい頬を震わせて、けげんそうに顔を上げた。

「そいつに触んなよ。そいつは例の……」

太った少年は落ちた荷物を拾い集めるのも忘れたように後ろに飛びすさった。瓶からこぼれた油がみるみる床に広がっていく。

「気をつけろ、あいつが火を出したら真っ黒焦げだぜ」

「しっ」

後ろでこそこそと囁きあっているのが耳に届いて鼻がつんとした。じわりと湧いてきた涙がこぼれないように顎をあげて、戸口をまたぐ。ぶつかった少年はアッシャからなにか酷い汚れでもなすりつけられたみたいに、何度も手を服にこすりつけている。

「おい」

少し距離があいたと思ったら、とげとげしい声が背中を追ってきた。

「お前みたいなやつがまだ生かされてるのが不思議だよ。お前は危険だ。みんなそう言ってる。なんでおとなしくどっかに閉じこめられてないんだ？　竜頭兵を放し飼いにしてるみたいなもんなのに」

竜頭兵、の一言で一瞬視界が赤く染まった。恐ろしい勢いで振り向いたアッシャの逆立った赤い巻き毛とぎらつく碧色の瞳に、よけいな一言をしゃべった相手はたたらを踏み、その場で炎の人形にされると思ったかのように色を失った。

怒りは、襲ってきたのと同じくらい一瞬で静まった。うなだれて前を向き、肩を落として前に進む。アッシャが反抗しないのに勢いを得たのか、さらにいくつかの、前よりいささか声高な言葉が飛んできた。

「これだから魔道師は信用できないんだ。自分の持ち物くらいちゃんと手綱をつけておけっての」

「もしかしてあの魔道師も怖がってるんじゃないのか？　どうせ魔道師なんて、みんな似たもの同士だもんな」

「魔道なんて使うやつがまともなわけないだろ。ドース男爵が帰還されるまで、何も起こらなきゃいいけどな」

聞こえない。見えてない。あたしは石だ。感じない。なにも。

必死に自分に言い聞かせ、痛いくらいに動悸をうつ胸を押さえながら城の裏方を担う棟の通路を歩く。

多くの騎士が出払っているせいか、行き交う下働きの数も減っていたが、アッシャが歩いていくのを見るとみんなぎょっとしたように立ち止まるか、飛び退いて道をあけた。いっぺんに顔が白くなり、それまで仲間同士で向けていた笑顔や会話がすっかり滑り落ちた仮面の列のような人々の前を、アッシャは走り出してしまわないように通り過ぎた。もし必要以上に大きな動きをすれば、この人たちをもっと怖がらせ、警戒させてしまうことが本能的にわかった。自分もそうだったから。

アッシャは怯えていた。周囲に、自分自身に、自分の力に。いつ自分の制御を離れて暴れ出すかわからない、魔力という獰猛な獣に。

背後に沈黙と静止と、それから遅れて波のように起こる囁き声の尾を引きながら、アッシャはいい匂いのただよってくる方向へふらふら進んだ。城の裏側の暗くてごちゃごちゃした通路をよろよろ進む。すり減った石と踏み固めた土でできている薄暗い城の一隅で、暖かい橙色の明かりと食器や鍋のぶつかる陽気な音がしている。

「……あの」

そこでも迎えたのは突然の静止と沈黙だった。大台の上で生地をこねながら、炉の前の料理人ににぎやかにしゃべりまくっていた太った女はぴたりと動きをとめ、悲鳴をあげる寸前みたいに口をあけた。煮込みの大鍋をかきまわしながら女の冗談に馬鹿笑いしていた料理人も、ふいに動きを止めた拍子に杓子を鍋の中に取り落としそうになった。隅で鶏の羽をむしり、芋の皮をむいていた下働きのちびどもも手に持っていたものをつかんだまま、小さな悲鳴を上げてぎゅっとお互い同士肩を押しつけあった。

「あの。あたし、おなかがすいて。なにか食べるもの、もらえないかな、って」

戸口に立ちつくし、つっかえながらアッシャはようやく言った。背中に回した両手を痛いくらい握りしめる。

食べ物なんていらないから、一刻も早くここから逃げ出したくなった。背中と腹がくっつくくらい空腹なのに、そんなことはどうでもいいくらい、ここにいるのがいたたまれない。みんなの怯えた視線を浴びてここに立つことが。

「そら。これでも持っていきな」

生地をこねていた女が窯のそばにつみあげてあった丸パンをつかみとり、何か手早くつめて、アッシャにむけて放った。手の中に落ちてきたのは織り目の粗い布にくるまれた温かいほかほかしたもので、その場で倒れそうになるくらいいい匂いがしていた。

「それ持ってとっととどっか行っとくれ。ここじゃ火は竈《かまど》だけで間に合ってるんだ。これ以上はいらないよ」

温かい袋をかかえたままふらふらと後ずさり、頭を下げて、アッシャはそこから逃げ出した。

しばらくあてもなく通路を走り回っていると、そのうちまた明るいところに出た。城内の食料をまかなう畑のひとつらしい。香草や葉物野菜、芋や豆の葉っぱが風に揺れている。

冷たい汗がべっとりと全身を濡らしていた。喉が渇いて痛いくらいだ。思わず咳をすると、ずきっと胸に響いた。砂と灰を喉いっぱいにつめこまれたような感じがする。見回すと、作物に水をやるためなのだろう、小さな井戸があるのが見えた。水をくむための綱のついた手桶もそえられている。

急ぎ足で近づき、綱をつかんで桶をおろした。水のはねる音がして、きれいに澄んだ桶いっぱいの水があがってきた。手を震わせながら、服が濡れるのもかまわずにがぶがぶと飲む。冷たい水は少し土の臭いがしたが、全身に染みわたるようだった。すっかり空にしてしまってほっと息をつき、もう一杯飲もうと、桶をおろす。

再びいっぱいになった桶を引き上げてかかえこんだ時、どこかから何かが飛んできて、ちゃぽんと水面に輪を作った。

撃たれた兎のようにアッシャは飛びあがった。

飛んできた方向を振り向く。二階建ての、下働きの人々が寝起きするためらしい木と石でできた建物が畑に面していて、その二階から、小さな顔がふたつ、こちらを見つめていた。

男の子。兄弟。兄は七つか八つ、弟はまだ赤ん坊の面影を残した四つか五つくらいで、どちらも窓際から頭だけ覗かせている。

どちらの顔にも怯えの色があったが、兄は必死にそれを隠して、怒りで身を鎧おうとしていた。弟は小さい手でしっかり兄にしがみつきながらも、まるい目をいよいよ丸くしてこちらを見つめている。

また、ひゅっと何か飛んできた。反射的に腕で顔をかばうと、飛んできたものは前腕にあたって地面に落ちた。指先ほどの石ころだった。

「出てけ！」

兄の方がわななく声をせいいっぱい張ってわめいた。

「出てけよ！　また俺たちのこと焼きにきたのか？　俺たちのうちを焼いただけじゃまだ足りないのか？　ドールの赤毛の悪魔！　あっちいけ！　あっちへいけったら！」

「お前たち、何してるんだい！」

悲鳴のような女の声が響いて、がっちりした農婦の腕が一瞬にして幼い兄弟を窓際からさらいとって引っ張りこんだ。

抵抗する兄弟の声はじき聞こえなくなった。頭に白い布を巻いた女の顔がちらっと見え、いそいで何か小さく唱えて魔除けの身振りをすると、音を立てて窓を閉めた。

アッシャはひとりでぽつんと立っていた。

また寒気が襲ってきて、背骨を氷の棒に変えた。頭の先から足の先まで凍りつきそうだった。足もとに転がった小石を見つめた。親指の爪ほどのその石に、込められた恐怖と憎悪の重さが恐ろしかった。

しばらく動くこともできずに畑をわたる風に吹かれていたあと、ようやくのろのろと動き出した。ここから離れなくてはという一心で、せっかくもらった食べ物の袋まであやうく忘れるところだった。飲まれないままだった桶が転がり、中に入った小石といっしょに水をばらまいた。

＊

どこをどう歩いたのかもよくわからない。

とにかく人のいない方へ、いない方へと歩いていたら、いつのまにか胸壁の上に出ていた。川の流れる谷に面した、あまり使われていないらしい古い胸壁で、表の城門の方にはいつもいる見張り兵の姿も見えない。

鳥が高い声で鳴きながら飛んでいった。川の水音がかすかに聞こえ、山並みはうっすらと靄におおわれてどこか眠たげな色に煙っている。風化した石はあちこち割れたり崩れたりしていて、もともとの褐色砂岩の色を失いだいたいが灰色一色に変わっている。

アッシャは静けさにしびれたようになってしばらくぼうっとしていたが、足からしだいに力が抜けてきて、しまいにすとんと腰を落とした。やせたお尻に城壁の石は固くて痛かったが、そんなことを気にしている気分ではなかった。

袋をかかえたまましばらく考えることもできずにいたが、そうだ、食べなきゃ、と思いついた。袋はまだ懐にあって、温かい。せっかくもらってきたんだ。おなかもすいてる。食べなきゃ。

　座り直して袋をあける。中には丸いパンに、焼き肉の塊から切り取った切り身をはさんだのが二つ入っていた。酢漬けのたまねぎの匂いもする。厨房の女も、たとえ怖がっている相手であろうと、おなかを空かせてしょんぼりと立つ子供に無碍《むげ》にできるようなたちではなかったらしい。

　ひとつ手に持って、かぶりつく。気が遠くなるくらいおいしかった。空きっ腹の上に、もともと上等な肉などパロにいたときから食べつけていない。半生に焼けた肉はしたたるような肉汁を含んでいて、じんわり甘く舌に溶けた。甘酸っぱい酢漬けたまねぎが気持ちよく歯の間で鳴る。

　呑み込むように食べてしまって、もうひとつ、と手に取る。少しおなかが落ち着いたせいか、そこで初めて食べ物の細部が目に入ってきた。始めに食べたひとつはただ口に詰め込むのに夢中でほとんど見てもいなかったが、今度は見えた。

　はさんである肉切れは薄赤く生焼けで、肉汁がパンにしみこんでいる。パンにしみた脂は血がまじってうす赤い。しんなりしたたまねぎの薄切りの下から、焼けた肉の端っこがのぞいている。黒く焦げた皮のところ。焦げた肉。赤い色。血。

　耳もとでどっと風の音が騒いだ。

　アッシャは震える手でパンを袋に戻した。急に喉がつまって、それ以上食べられそうになかった。まだおなかはすいていたが、これを食べたらきっと吐いてしまう。吐くか、それとももっとひどいことに。

お師匠。

お師匠はずっとあたしに食べ物を運んでくれてた、とアッシャはぼんやり思った。それはあたしの食べ物にだれかが毒を入れたりしないようにだった。

あの厨房のおばさんだって、機会があったらそうしてたかもしれない。そう思うと怖くなった。パン一個分の入った胃を押さえたが、ぐるぐると胃が働いている感じがするだけで痛くも苦しくもなかった。少なくとも、あのパンと肉にはなにも入っていなかったらしい。

でも、それはあたしが急に現れたからで、もし用意をする時間があったら、そうしていたかもしれない。あのおばさんでなくても、ほかの誰かが。あの女の子や、石を投げてきた兄弟や、その母親みたいな人たちが。

だれもあたしの世話をしたがらなかった。あたしはばけもので、いつ爆発するかわからない危険な動物で、やっかいだけど捨てるには恐ろしすぎるものだったからだ。

みんながあたしを怖がってる。憎んでる。あたしがばけもので、火にのっとられて村ひとつを燃やしてしまうようなばかで、どうしようもない危険な魔物だからだ。竜頭兵みたいに。

包丁を振りかざした娘のぎらつく目がふいに鮮明によみがえってきた。長い間、眠りの帳《とばり》のむこうにあって遠くかすんでいたのだが。

（なにもかもあんたのせいだ）

（死ね。ばけもの）

目がひりひりしたが、もう涙は出なかった。泣くというのは人間のすることで、もう自分にはそういうことをする資格はないような気がした。

あの子は泣いてた。でもあたしは泣かない。あの子の村を焼いたのはあたしで、お師匠がなんと言ってくれてもそれはあたしのしたことで、そのことで泣いていいのは、あの子やあの兄弟たちみたいな人だけだ。

あたしは泣かない。泣いちゃいけない。

あたしには、泣くことは許されていない。

目の前の古い城壁をぼんやり見つめる。

ここを乗り越えて、目の下の深い谷間に飛び降りることはできるだろうか。胸壁はアッシャの背丈と同じくらいあるけれど、あちこちに転がっている石材のかけらを引きずってくれば、乗り越えるくらいはできるだろう。

谷底までの長い距離を石のように落ちていくことを考えたが、特にどうということもないように思えた。耳もとの風がもっと大きい声で吠えて、まわりの景色がすごい勢いで流れて、それで終わりだ。きっと、なにもわからないうちに終わる。あっという間に。すぐに。

「やあ！　どうしたの、こんなところで」

いきなり明るい声がこだまして、アッシャは飛びあがった。

気づかないあいだに、誰かが城壁にあがってきていた。

冴えた青色の胴着にしゃれた白の肩衣をかけて、小脇に古い竪琴《たてごと》をかかえている。きれいな顔だけれど鼻のところにうっすらとそばかす、ふっくらした口は今にも楽しげに笑い出しそうな形で、明るい茶色い目に栗色のくるくるした巻き毛が逆立って、おとなの人なのになんだか起きたばかりの寝癖つきいたずら小僧みたいな顔だ。

「あんた……えーと」

マリウス、だっけ。たしか王子様だ。パロの。

とてもそうは見えないけど、騎士様はそう言ってた。マリウスっていうのもほんとの名前じゃなくて、なにかもっと王子様っぽい名前を呼ばれてたような気がするけど、よく思い出せない。仕方なくアッシャは言った。

「……王子様」

相手は露骨にいやな顔をした。

「君ねえ、驚かしたことは謝るけど、なにもいやみを言うことはないんじゃない？　僕は吟遊詩人マリウス、それ以外の何者でもないね。王子様なのはどうしてもそうでいなきゃならない時だけ、そういう時はできるだけ避けたいと思ってるのに」

アッシャが何もいわないうちにマリウスはずかずか近づいてきて、隣に身を投げ出すように座った。両手をあげてうんと伸びをする。

「ああ、気持ちいいな！　ここは声の響きが最高でね、歌や竪琴の練習をするには最適の場所なんだ。人も来ないしね。山と渓谷がいい感じに音を反響させてくれるんだよ。君、どうしてここにいるの？　あれ、それ、どうしたの。食べないの？」

マリウスはあいたままの袋の口からのぞくパンと肉をめざとく見つけて指さした。

「おいしそうだなあ。冷めたらもったいないよ。食べないんだったら僕、もらってもいい？　調弦に夢中になってたら朝食を食べそこなっちゃってさ」

アッシャは手の中のパンとマリウスのにこにこ顔を何度か見比べ、黙って袋ごと差し出した。マリウスは大喜びで受け取った。

「ありがとう！　うーん、いい匂いだ。タージャおばさんのお料理は最高だよね。特にこのたまねぎの酢漬けとか。うん、肉の焼きかげんも最高だし、パンもふわふわのカリカリだし。パロの気取った料理より僕はこういうのが好きなんだよな。お皿にのってると食器を使わなきゃいけないじゃないか。だいたいあれこれ凝った料理ほど食べにくいもんだし、服は汚しちゃいけないって言われるし、手で食べるなんてとんでもないし、いちいち食卓の席次を気にして、頭の半分で次はどの食器をどういう風に使わなきゃならないか考えて、もう半分じゃ隣のおばさんかおじさんかおじいさんのつまらない話にどう受け答えするのが正しいかなんて考えながら食べる食事ほどまずくてつまらないものはないよ、ほんと」

洪水のように切れ目なくしゃべりながら、いつの間にかマリウスはパンをたいらげて指をなめていた。今の長広舌のどこらへんでパンを口に入れて嚙んで呑み込むひまがあったのか、アッシャには見当もつかなかった。

「あ、そうそう」

指をなめ終わると、マリウスは竪琴のほかに肩からさげていた古い雑嚢に手を突っ込んだ。

「もらうだけじゃなんだからこれ、はい、代わりにどうぞ。きのうのお茶の時間に出てきたんだけど、あとで食べようと思ってとっといたんだ。時間がたったほうがなじんでおいしいし。ちょうど食べ頃だと思うよ。こう言っちゃなんだけど、君、ひどい顔だし。落ち込んでる時には甘いものがいちばんだからね」

ちょっとしみのついた手巾《ハンカチ》にくるんだものが有無をいわさず手に押し込まれた。大きさのわりにずしりと重い。

マリウスが期待に満ちた目で見つめているので、開けてみるしかなかった。中から、干し葡萄といちじくの香料入り焼き菓子の大きな一切れが出てきた。ぎっしり干し葡萄の入った茶色い皮から、いちじくを煮詰めた餡が収まりきらずにとろりとあふれ出している。

「食べなよ。遠慮しなくていいから」

持ったままじっとしているアッシャが遠慮しているととったのか、マリウスはまた勧めた。

「あんた、あたしが怖くないの」

やっとそれだけアッシャは言った。うん？　と小首をかしげてから、マリウスは不思議そうに「なんで？」と聞き返した。

「だって、君は女の子じゃないか。村を焼いたって話は聞いてるけど、とりあえず今のところはただの目を泣きはらした女の子だし、魔道師だからっていちいち怖がってちゃパロじゃ暮らせないよ。だいたい魔道師ならもっとおっかないのとさんざん出くわしてるし。ああいうのには二度と会いたくないけど、今さらなんで君を怖がらなきゃいけないのさ？」

鼻の奥がつんとして、視界がぼやけた。

アッシャはしばらく手にたれてくるいちじくの汁を眺めていたが、やがて思い切って一口かぶりついた。

甘い汁とかりかりに焼けた皮が同時に口の中で砕けて、酸っぱい干し葡萄がちくちくした星のように舌をつついた。たまった涙が流れ落ちて、温かくくすぐったく頬を伝った。

「おやおや」

夢中でぱくつきだしたアッシャに、マリウスがおかしそうに言った。

「やっぱり女の子には甘いお菓子がいちばんだよね。みんなお食べよ、気分がよくなるからさ」

べそべそ泣きながら、指についた餡と皮のかけらまでしゃぶってしまうころには、確かに気分はかなり落ちついていた。涙の方も。

指の間をねぶりながら、アッシャはさぐるような上目遣いをマリウスに向けた。マリウスはまったく気にしていない様子で、手にした竪琴をいじり、雑嚢から出した羊皮紙に木炭の棒で何か走り書きしている。

「……あんたって、あんまり王子様っぽくないよね」

「うん？」

竪琴の音程に耳を傾けていたマリウスはちょっとぎょっとしたようにこちらを向いた。ふわふわの巻き毛が逆立って風になびいていて、やっぱり十歳のやんちゃ小僧みたいだ。

「何？　ああ、王子様っぽくないって？　ま、そりゃそうだね。僕は王子様なんかになりたくなかったし、今でもなりたくなんてないし、できればずっと吟遊詩人のマリウスで生きて死にたいとずっと思ってるから。でも、今はまあ、ちょっとそうも言ってられないっぽいのはわかるんだけどさ、一応ね」

マリウスはいじけたように弦の切れ端を指に絡めている。アッシャは目を細めて今の言葉を吟味し、口をとがらせた。

「でも、王子様になりたい人はいっぱいいるよ。王様になりたいって人も。あの、女王様を閉じこめてるイシュトヴァーンとかいう悪者も、昔は王族なんかじゃなくて、ただのどっかの悪党だったんでしょ。盗賊とか、なんとか。みんながそう言ってるの、聞いたことある」

「赤い街道の盗賊ね。うん」

竪琴をわきに置いて、マリウスは空を見上げた。

「僕はあいつとはだいぶ昔に出会って、いっしょに旅をしたこともあるけど、その時は、あいつもそんなに悪いやつじゃなかったよ。まあ、俺はいつか王になるんだとはいつも言ってたけどね。知恵の回る傭兵で、腕も立って、あのグインでさえ一目おいてた。そのあといろいろあって僕らは別れて、あいつはあんなになっちゃったけど」

空を見上げる目を足もとに向けて、マリウスは小さく息をついた。

「僕の知らないところで、きっとあいつにもいろいろあったんだと思うよ。僕にいろいろあったみたいにね。結婚とか、なんとか。あいつはゴーラのアムネリス公女と結婚したし、僕もなんだかケイロニアの宮廷に入れられそうになったり」

「あんたが？　なんで？　だってパロの王子様じゃないの、あんた」

「ああ、うん、それが」

多少具合の悪い顔でマリウスはもじもじした。

「僕が結婚した相手がたまたまケイロニアの皇女だったり、子供もできちゃったりで、その、ええと、いろいろあって」

アッシャは仰天した。

「あんた、奥さんいたの？　子供も⁉」

「驚くの、そっちなんだ……」

陰気にマリウスは呟き、まあね、と息をついてまた空を見上げた。

「無責任だとかそういうのはさんざん言われたし、自分でもつくづくダメなやつだなあとは思うけど、しょうがないよ、それが僕だからね。宮廷とか政治とか陰謀とか、そういうのは本当にもうつくづくまっぴらなんだ。僕はただ歌っていたい、いろんな歌を歌っていろんなところを旅して、最後は道端に落ちる小鳥みたいに空を見上げて死んでいきたい。ただそれだけが望みなのに、パロの青い血を半分ひいてるってだけで、どうやっても王宮だとか宮廷だとかに引き戻されちゃうんだ。いまいましいグラチウスじいさんに言わせれば、それが僕の星回りだっていうんだろうけど、そんなの僕が望んだわけでもないのにさ」

唇をとがらせてマリウスは指の間に張った弦をはじいた。ぼーんという鈍い響きが山野にかすかなこだまを残した。

「まあね、そりゃ僕だってパロは好きだよ。自分の国だからね。滅びてほしくはないし、栄えていてくれれば嬉しいし、誰かに踏みにじられるのは我慢できない。だからここにいるし、もし何かあったらちょっとくらいは王の代わりを務めるくらいするよ。でも一生あの玉座に縛られて、どこへ行くにもお付きがくっついてきて、あれをするな、これをするな、ああしろこうしろどこ行けそこ行けあっち行け、って一日じゅう命令されて死ぬまで過ごすなんて、考えただけでもぞっとする。だから早いとこリンダを助け出してちゃんと女王に戻ってもらって、国を落ちつかせてもらわないと、僕は安心して歌も歌っていられないんだ」

「……すごく勝手なことを言ってるみたいに聞こえるんだけど」

「だろうね。勝手なことを言ってるんだから」

悪びれた風もなくマリウスは肩をすくめた。

「たぶん僕はリギアが言うみたいに、間違って人間に生まれちゃった小鳥なんだよ。小鳥に人間の都合なんて意味ないし、興味もない。僕はただ歌いたいだけなんだ。自由に空を飛び回って、ときどきすてきな恋をして、いろんな土地を渡り歩きながら陽気に歌ってそして死にたい。小鳥に人間の王様なんてつとまりゃしないよ。僕もみんなも、それはわかってる。だから困るんだけどさ」

「でも」

なんだかこの気楽な小鳥の王子様をやりこめてやりたい気分になって、アッシャは少しむきになって言った。

「あんたがパロの王子様だってことは変わらないわけでしょ。いくらあんたがいやだって言ったって、自分は小鳥だって言ったって、あんたは人間でパロの王子様なんだし、ほかの人だってそういうふうにあんたを見るし、扱うでしょ。じゃあなんでそっちは受け入れられないの？　あたし、難しいことはよくわかんないけど、王様とかになればまわりの人に言うことだってきかせられるし、命令すればまわりは黙るし、王様が歌を歌っちゃいけないってことはないんでしょ。もしパロの王様になることになったって、王様が好きに歌って歩くのは誰も止められないんじゃないの」

しばらく返事はなかった。マリウスは黙って風に吹かれていた。寝癖のようにぴんと立った一房の巻き毛が草花のように揺れている。

「……昔ね。僕の歌を好きだと言ってくれた男の子がいたんだ」

長い沈黙を破って、マリウスはようやく言った。それまでの流れるようなおしゃべりと違って、ぽつりぽつりと、絞り出すように言葉が続いた。

「もうずいぶん昔になる。僕はその子が大好きで、その子も僕が大好きだった。よくいっしょに声を揃えて歌ったよ。『ナタール川の白鳥』が特にお気に入りでね。とてもきれいな金髪で、素直で優しくて、とても純粋だった。本当にいい子だったんだ。誰にも悪いことなんてしなかったし、ましてや殺されなきゃならない理由なんて、何もなかった。その子が」

音を立てて息を吸い込み、吐き捨てるようにマリウスは言った。

「その子が、モンゴールの公子だったってこと以外には」

アッシャは思わずはっと息をのんだ。マリウスはまたはるか遠いどこかに目を向けていた。その目はなにも見ておらず、もはや過ぎ去った遠い記憶の面影を探しているかに思えた。

「僕はその子を殺すように命令された」

平坦な声でマリウスは続けた。

「僕がいちばんその子のそばにいて、信頼されていて、近づきやすかったから。……もちろん僕は断った。とんでもないって言った。命じた人も僕にとっては大事な人だったけど、だからこそ、僕はその人のそんな命令に従いたくなかった。だけどあの子は殺されてしまった」

ミアイル、とほとんど吐息のようにマリウスは囁いた。

「僕はあの子を守ってやれなかった。宮殿から連れ出すこともできなかった。あの子は身体が弱かったから、旅回りの暮らしには耐えられなかったかもしれない。でももし、あの時僕にもっと勇気と才覚があれば、せめてあの子を連れて逃げるくらいはできたかもしれない。少しずつでも旅に慣れて、そのうち、二羽の小鳥みたいにいっしょに旅ができたかもしれない。ああ、そうできたら、どんなによかったか」

マリウスの声にこもった生々しい痛みに、アッシャは声も出ないでいた。マリウスは少女を見て、笑った。この王子様には見たことのない、ひどく寂しげな微笑だった。

「宮廷っていうのはそういうところなんだよ、アッシャ」

昏い眼をしてマリウスは言った。

「とても豪華で華やかで、贅沢に見えるけど、その後ろでは毒の瓶や短剣や首締め紐が飛び交ってる。形のない悪いものもたくさん。僕はもう、そういうものには二度と巻き込まれたくないし、かかわりたくもない。僕の手はあの子の血で汚れてる。僕が手を下したんじゃなくても、僕を信じてたあの子を、僕は守ってやれなかったから」

竪琴をかき鳴らすために固くなった指を、マリウスは見つめた。たこのできた指先や、弦でこすれた指の腹や、曲がって厚くなった爪を。

「僕はこれ以上、見えない血が自分の手を染めるのを見たくない」

そっとマリウスは言った。

「僕がこの手を使うのはただ歌うとき、音楽を紡ぎ出すその時だけだ。僕は臆病だし、無責任だし、たぶん卑怯でもあるんだろう。自分の責任から逃げてる、うん、それはその通りだ。でも、もうたくさんなんだ、僕は、あの子だけで。あの子ひとりの血だけでも、僕には荷が重すぎる。それをもっと、山ほど背負うのが宮廷で、王族で、王の務めだっていうんなら、僕は絶対にそんなものにはなりたくない」

最後の一言があまり激しかったので、アッシャはそれが弩《いしゆみ》の矢のように飛んで、遠くの山のあいだを荒々しく貫いて回るように思った。いつものマリウスの甘くて柔らかい声とはちがっていた。それは鋼の声、痛みと罪の記憶に冷え切った鋼鉄の意志だった。

そんなものが彼にあるとは一度も思ったことがなかった。アッシャはまばたきもせずマリウスを見つめた。あまりに長々と見つめていたので、しまいにマリウスの方が落ちつかなげにもじもじしだした。

「……あの、ごめん、何？　そんなに見られると照れるんだけど」

「あのね」

言おうとしたのはもっと別のことだったと思う。けれどもアッシャの口から出たのはまったく違う言葉だった。

「その歌を歌ってくれない？　『ナタール川の白鳥』を」

おそらく断ろうとしたのだろう。マリウスは眉根をよせて口を開きかけ、思いとどまった。茶色い瞳に一瞬影がさし、晴れた。

「……そうだな。うん、いいよ。もう長いこと歌ってないけど、君になら、聞かせてもいいような気がする」

「その子もどこかで聞いてるよ。好きだったんでしょう、その歌」

「とてもね」

マリウスは横に置いた竪琴を取り上げ、いつくしむように弦に指を走らせた。柔らかな音階がそよ風のように響いた。

しばらくじっと竪琴を手に目を閉じていたあと、マリウスはゆっくりと前奏を弾きはじめた。アッシャは両手で顎をささえ、空を見上げた。歌が始まり、哀調を帯びた旋律とマリウスの澄んだ声が光のように高みへと舞い上がっていった。

ナタール川に白鳥が浮かぶ
ナタール川に雪が降る
あれはきっと
昔に死んだ恋人の
わたしに会いに来た姿だよ

頬に爪が食い込むのを感じた。涙のかわりに、自分の爪が頬にひっかき傷を残すのを感じた。

ナタール川に白鳥が浮かぶ、とそっと心の中で繰り返す。

その羽はきっとけがれ一つなく白いのだろう、罪も恐れも知らず、ただ美しく平和に清い水の流れに浮かんでいるのだろう。だがそれは黄泉の川の水なのだ。生者の入ってはいけない水で、だからこそそこは永遠に汚れなく美しいのだ。追憶と愛と哀しみだけが、そこを流れる水の一滴一滴なのだ。

マリウスの瞼は閉じられ、闇の向こうの過去を見ていた。もう手の届かない子供と、あの日の自分を見ていた。ナタール川の白鳥と、そこに汚れなく静かに眠っている、幸福な思い出のまぼろし。

ナタール川に白鳥が浮かぶよ
影のなかを白く輝きながら
ナタール川に白鳥が浮かぶよ
いとしいあの娘《こ》の魂を翼にのせて

陽がゆっくりと移っていった。歌い終えたマリウスは最後の一音をはじくと、疲れ切ったようにだらりと竪琴を下げてうなだれた。アッシャはそちらを見なかった。彼が声もなく泣いているのがわかっていたので。

4

「アッシャ？」

戸口に張りついてぐずぐずしているうちに、むこうから声をかけられた。その場で小さく飛びあがってしまった。

「アッシャ、あなたでしょう？　目を覚ましたとはヴァレリウスから聞いたけど、まだ気分が悪いんじゃないかと心配してたのよ」

中の声は笑いを含んでいた。

「ね、入ってきて。退屈で困るのよ、もうほとんど治ってるのに、みんなうるさくて部屋から出してくれないの」

アッシャは腹をくくって大きく息を吸い、盗人のようにつま先立って部屋に滑りこんだ。

アッシャがいた病室よりずっと広くて明るい部屋だった。窓際に碧の木々が揺れていて、寝台の頭のところの机には凝った細工の花瓶に山盛りの花が咲いている。そばには香炉もあって、さわやかな香りの煙がうすく立ちのぼっていた。

部屋の主は寝台の上で上半身を起こして、微笑んでいた。

「よかった、元気そうね。ヴァレリウスはなかなか話してくれなかったけど、あそこまで肉体を失いかけていたところから戻ってくるのが並々のことじゃないのは知ってるわ。無事でほんとによかった。あなたが死んでしまったらあたし、あなたのご両親に言い訳が立たないもの」

「……騎士様」

アッシャはそろそろと寝台のそばに歩み寄った。

寝台の上のリギアは、白くて壊れやすい陶器人形みたいに見えた。いつもあんなにしっかりして、強くて、誰よりも頼れる人に見えたのに、手や首に包帯を巻いて白い寝間着に身を包んでいる彼女は、別人のように弱々しく見えて、怖くなった。

「あ」

痩せて見える以外に、どうしてひどく壊れやすそうに見えるのかに気がついて、アッシャは声を上げた。

「騎士様、髪が——」

「髪？　ああ、これのこと？」

肩の少し下でそぎ落とされた髪に触れて、リギアは笑った。

「なんでもないわ、少し焦げたから切っただけ。これでもずいぶん伸びたのよ。そのうちまた伸びるわよ、あたし髪が伸びるの早いの。戦場じゃしょっちゅう自分で髪をそいでたわ、気にするほどのことじゃない」

「でも」

またじわりと涙がわいてきて、アッシャはうつむいた。

「あんなにきれいな長い髪だったのに、あたしが、あたし――」

手が伸びてきて、思ったよりずっと強い力で抱き寄せられた。アッシャは清潔な香りのする寝間着と、その下のやわらかな胸に顔を埋めていた。

「あなたが責任を感じることないのよ、アッシャ」

リギアの声は泣きたくなるほどやさしかった。細い指が赤い巻き毛に入ってきて、そっとかき回される。

「これはあたしが自分の判断でしたことなんだから。あなたは生きてる、あたしも生きてる、それでいいの。怪我なんて治るし、髪なんてもっとすぐよ。重要なのは生きてること。それだけ」

「――騎士様」

ふかふかの胸に顔を埋めながら、アッシャは鼻をすすった。こんなきれいな白い着物を汚したくない。

「騎士様、あのね、あの、お師匠が――」

「ヴァレリウスがどうしたの？」

腕をゆるめて、リギアはアッシャの顔をあおむかせた。真剣な顔と鋭い目になっていた。アッシャの心で何かがほどけた。

「……お師匠が、もう一度考え直せって」

喉に詰まっていた小石がとれたようだった。いったん口に出してしまうと、次々と言葉がこぼれ落ちた。

「魔道師になるか、それともみんな忘れて、普通の娘に戻るか。魔道師になったら普通の人生なんか望めなくなる、恋も、結婚もできない、裏に隠れて汚い仕事もさせるって。でも魔道師にならないなら、記憶を消して力も封印して、どこかの町で別の人間になって暮らせるって。パロでのことも、ここへ来るまでのことも、む、村を焼いたことも」

耐えきれなくなって涙声になり、アッシャはまた鼻をすすった。

「みんな忘れて、新しい人間になるって。別の記憶と身元と住処を用意して。そうしてまた、普通に生きていくんだって。別の場所で。力なんてない、ただの町娘に戻って」

「……そう」

リギアの瞳がゆるんだ。

きれいに爪を切りそろえた指先が、すべすべした絹のように頬をなでる。リギアはアッシャを寝台の縁に座らせ、姉のように肩に腕を回した。

「あいつもようやく多少は常識を働かせる気になったみたいね。ちょっと遅すぎたけれど。あなたはまだ子供だってあたしが言ったこと、覚えてるでしょう、アッシャ。あなたは戦うようになんてできてないってことも。そのことはもうわかったわね？」

アッシャはとっさに答えられなかった。

でも、あたしは力を持ってる、と胸の中で呟く。それを今も感じる。今はじっとしてるけど、そいつがいつでも手の届くところにいて、あたしが喚び出すのを待ってるのを、はっきりと。

黙ってうつむいているアッシャに、リギアは元気づけるように肩をゆすった。

「怖いのはわかるわ。城内のみんながあなたのことをどう言ってるかも、あたしは知ってるし。もちろん、みんなあたしの前では口にしないし、そんなこと言ったやつは股ぐらを蹴り上げてやるけど」

きれいな顔であんまり平然とそんなことを言うので、アッシャはびっくりしてまばたいた。リギアはおもしろそうに笑い、それから不意に真顔になった。

「ねえアッシャ、あらためて訊くけれど、あなたはもとの暮らしに戻りたいと思う？　力のあったことも、これまでのこともみんな忘れて、普通の人生を平穏に生きていきたい？」

「……よく、わかりません」

かなり長い間考えてから、アッシャはやっと言った。

本当にわからなかった。まだ頭がぶんぶん鳴っているようで、そのことについて考えると胸が押さえつけられるようで息ができなかった。

「これ以上ひとを傷つけるのは嫌です。でも、普通の暮らしっていっても、父さんや母さんのことも忘れて別人になるっていうのも嫌。けどこのままにしておいたら、あたしはあたしがいつ何をするかわからないし、きっとみんなにとっても危険なままだと思う。あたし」

また涙がこみあげてきた。鼻声でアッシャは呟いた。

「あたし――どうしていいかわからない」

「そうね」

リギアはゆっくりとアッシャの髪を撫でていた。

「もしあの事件が起こる前なら、あたしは迷わずあなたが普通の暮らしに戻ることに賛成したと思うわ。馬車の中でヴァレリウスがあなたを魔道師にすると言い出したとき、あたしが反対したのは覚えてる？」

あの時は毛布の中で半分気絶した状態でいたので、会話はどれも途切れ途切れにしか耳に入ってこなかった。けれどもお師匠――黒衣の魔道師と、リギアが話していたのは夢の中のように覚えている。リギアはずいぶん腹を立てているようだった。

「まあ覚えてないかしらね。あの時、あなたは人事不省だったし」

アッシャが答える前にリギアは言い、続けて、

「基本的には、あたしの考えは変わってないわ。あなたにどんなに強い魔道の才能があるにしても、こんな小さい女の子を戦いに駆りだすような真似なんてすべきじゃないと思ってるし、できればあなたには普通の女の子として、普通の暮らしを送ってほしかった。でもね、アッシャ」

髪を撫でる手を止めて、リギアはまともにアッシャの目をのぞき込んだ。

アッシャは一気に心臓が氷になるように感じた。こんな騎士様の目を見るのははじめてだった。アッシャに向ける目はいつもやさしく和んでいたのに、今の騎士様の目は、黒い短剣のように鋭く光っている。

「あなたは村に火を放ってしまった」

アッシャの息が一瞬止まった。リギアは容赦なく続けた。

「罪のない人々を傷つけ、罪人とはいえ、何人もの人を殺した。その事実は、もう動かせない」

息がつまって何もいえない。息のかわりに、止まらない涙がぼろぼろとこぼれ出して敷布の上にしたたり落ちた。

「……あなたを責めているんじゃないのよ、アッシャ」

声がやわらいだ。アッシャはやっと息ができるようになった。せき込みながら涙を流すアッシャを両腕で抱き込んで、リギアは軽く背中を叩いてくれた。

「あれの大方はあなたを監督すべきヴァレリウスの不注意だと思うし、火の精霊に乗っ取られてたあなたが、自分の意志で村を焼き払ったとは必ずしも言えない。だけどあなたが、自分の魔力を制御できずに、人を傷つけたことを忘れるのは、果たしていいことなのかしら」

「あた、あたし、騎士様も殺すところだった」

しゃくりあげながらアッシャは言った。

「こんなにひどい怪我させて、きれいな髪も燃やして、騎士様のことまで、あたし」

「あたしのことはいいのよ。怪我なんて兵士としちゃ今さらだし、髪だってすぐ伸びるってさっき言ったでしょ」

涙まみれのアッシャの額をちょいとつついて、でもね、とリギアは言葉を継いだ。

「あなたはご両親を殺した竜頭兵を殺すまで幸せになれないって言ったわね。でも今度は、あなたがその竜頭兵の立場になって、あなたがこの世から消えるまで幸せになれないと考えるかもしれない人たちを作り出してしまった。そのことについてはよく考えるべきだと思うの。

あたしは兵士としてたくさん戦場に出て、たくさん敵兵を殺してきた。恨みを買ったことも、両手の指じゃ足りないわ。でもそれがあたしの選んだ生き方だから、後悔はしないし、恥じたこともない。

でも、あなたは望んで力に目覚めたわけじゃない。あたしは小さいころから騎士として、兵士として生きると心に決めていたけど、あなたにはそんな心の準備さえ与えられていなかった。そのことについてはとても気の毒に思うわ。あなたは自分の心さえ決められないうちに、兵士の業を背負わされてしまったようなものだもの」

「兵士の業……」

「殺すこと」

あっさりとリギアは言った。

「憎まれても嫌われても、どんな汚い手段を使っても、自分の国のために戦い続けること。女聖騎士伯なんて言われてるけど、とどのつまりはそれよ。パロがモンゴールに一度征服されたとき、あたしがパロ奪回のためにどんなことをしたかは、長くなるから言わないわ。だけど聞いたら、あなたはきっとあたしを軽蔑するわよ。少なくとももう、騎士様なんて呼べなくなると思う。あなたが考えているほど、あたしはきれいな人間じゃないのよ、アッシャ」

「騎士様は、ずっと騎士様です」

頑固にアッシャは言い張った。

「騎士様はあたしを助けてくれました。放っていくことだってできたのに道から拾ってくれて、火に乗っ取られかけてても引き留めてくれて、それで大怪我をしたのにこうやってまだ、やさしくしてくれ、て」

声が震えそうになって、アッシャはぐっと唇をひきしめた。

「だから騎士様は、どんなことがあってもあたしの騎士様です」

「……ありがとう、アッシャ」

リギアの声がわずかに揺れた。両腕に力がこもって、薬と香の香りが鼻の奥までさわやかに満たした。

「あなたはいい子だわ、アッシャ。できれば普通の人生を送ってほしい、本当に。でも、もうあなたの背中には殺した人や村を焼いた人たちの業が背負わされてしまってる。そのことはもうどうにもできない、だから」

ちょっと息を吸って、リギアはきっぱりと言った。

「何もかも忘れて新しい人間になって新しい人生に歩み出すか、それともこのまま業を受け入れて、このままのあなたとして魔道師の道を歩き続けるか。ヴァレリウスの提案は正しいと思うわ。あなたがもし平穏な生活を望むなら、それなりの代償は払わなきゃいけない。両親のことも、パロの生活も、これまでの自分も全部忘れなきゃいけない。

それだって、村をなくした人たちのことや燃えてしまった盗賊たちのことが消えるわけではないけれど、少なくとも、そういう罪を背負わなければならないあなたはこの世からいなくなる。せっかくやり直す機会をもらったのなら、そしてもうこれ以上業なんて背負いたくない、みんなに怖がられるのも嫌われるのもいやだと思うのなら、乗りなさい。あとのことは、あたしたち大人がなんとかするから」

「あたし……」

鼻をすすって、アッシャはリギアの顔を見上げた。

女騎士の顔は、厳しさと悲しみの同居した奇妙な表情になっていた。これまで一度も見たことのない表情だった。凛とした彼女にそんな顔をさせているのは自分だと胸に痛いほど思って、アッシャはまた新しい涙が頬を流れるのを感じた。両手がひとりでに、すがるようにリギアの服を握りしめた。

「あたし、あたしわからない」

なにか言いたい、言わなければならないのに、口から出てきたのはそんな意味のない言葉だけだった。

「どっちが正しいんですか、騎士様。みんなが幸せになれる方法ってどっちなんですか。あたしはどっちを選ぶべきなんですか」

「みんなが幸せになれる方法なんてどこにもないのよ、アッシャ。残念だけれど」

指でアッシャの目尻をぬぐって、リギアは少しばかり寂しそうに微笑んだ。

「あるのは自分の大切な人たちをできるだけ幸せにできるようにがんばる方法か、自分がなんとか幸せを見つける方法か、どちらか。それだって必ず幸せがくるわけじゃないんだけれどね。

そして絶対的に正しいことなんて世の中にひとつもない。このことに関しては、あなたが決めるしかないの、アッシャ」

最後にもう一度力を込めて抱きしめて、リギアはそっとアッシャを押しはなした。

「決めるのよ、アッシャ。新しい人間になって明るい道を堂々と生きていくか、それとも魔道師としてこれまでのことをみんな背負って歯を食いしばっていくのか、決めなさい。どちらがあなたにとってより正しいと思えるのか、肝心なのはそれよ。あたしはもう何も口出ししない」

リギアは寝台に横たわり、ため息をついて目を閉じた。

「ごめんなさい、少し疲れちゃった。寝るわ。あなたも少し休みなさい、アッシャ。まだ床上げしたばかりなんでしょう？　あまりいろいろ考えすぎると、身体に障るわよ。休んで、それから、よく考えなさい」

やがて、静かな寝息が聞こえてきた。

アッシャはまだ長い間寝台の端に座ったままでいたが、窓の外が暗くなってきたのを見て、ようやくまたつま先だってそっと部屋をあとにした。

戸口のところで、灯りをつけにきた小姓とすれ違った。大げさに避けられ、怖い目で睨みつけられたが、気づかなかった。そんなことよりももっと大きなことに、頭を占められていたのだった。

＊

それから数日は何事もなく過ぎ去った。少なくとも、表面上は何もないように見えた。城内のならわしはとどこおりなく進められ、城の衛兵として残された騎士たちは馬場に出て訓練をし、戻ってくると湯気を上げて汗をかいている馬たちを従士の少年たちに託した。少年たちは馬に水と飼い葉を運び、毛を磨き上げ、たてがみと尾を梳いてぴかぴかに仕上げた。鎧具足《よろいぐそく》を磨き、油を塗りながら、ひそひそと噂話にふけったが、その中にはまったく姿を見せないあの炎の娘のことも多分に含まれていた。

「出ていったのさ」と一人は主張した。

「あんなことしてここにいられるわけがないだろ。きっとあのパロの黒い魔道師がどうにかしたんだ。そういうことには慣れてるんだろ」

「殺しちまったんじゃないか？」

指先についた藁くずをふっと吹いて、別のひとりが応じた。

「だって、そうだろ。あんなの生かしておいても危険なだけだ。だいたい魔道なんてあやしげなものは、ケイロニアには似合わない。近づけるのがばかなんだ」

「だって、子供だぜ」

「子供だって魔道師だろ。いっしょだよ。あの魔道師宰相とかいうのだって、どうだかわかんないぜ。パロってのは昔から信用できないところだったって、うちの母ちゃんは言ってた。そりゃあ今はグイン陛下がいらっしゃるから何の心配もないけどさ。ずっと昔はそれこそ魔道の化け物があっちこっちうろうろしてたそうだぜ、お前、聞いたことないのかよ？」

　こそこそ話し合っているうちに騎士のひとりが入ってきて、無駄口を叩くなと厳しく申し渡して出ていく。少年たちはいっせいに首をすくめ、口をつぐんで、それぞれの仕事に没頭する。

　使用人たちの間にも噂は流れる。少女は部屋にこもったまま出てこないという。食事も戸の前まで運ばれたものを少し口にするだけで、ほとんどは手つかずのまま返されてくる。

「まあ」と太った女料理人は腰に手をあてて言う。

「ああいうのは触らないほうが無難だね。魔道なんてものは、まじない女の惚れ薬とか、小娘のやる札うらないとか、そういうので十分だよ。まともな人間のかかわるもんじゃない。ほっとけばいいのさ。あたしたちはとにかく飢えないようにしてやってるんだから、食べないってんならあの娘の勝手だよ」

「俺だったら、とっくの昔にここから逃げ出してるよ」

皿に残った肉の塊をがつがつ食いながら、焼き串回し係の下男がもごもごと言う。

「あの村の生き残り連中の顔を見ろよ。あれだけの数の人間に恨まれながら、それでも平気で生きてけるってんならそうとうな心臓だね。俺にゃとうてい我慢できそうにないまあ」

顎にしたたった脂をぬぐってため息をつき、

「それくらいの神経でないと魔道師なんてものはつとまらないんだろうがね。どっちにしろ、因果なもんさ。かかわらないのが身のためだ」

そして焼かれた村の住民は城の一隅で寝起きし、不安そうに身を寄せ合って、することもなく中庭で兵士に見張られながら無為に時間を過ごす。

本来なら田畑を耕し、家畜の世話をし、森へ仕事に出ていたはずの時間は、妙に宙ぶらりんな空虚なものになっている。ここに彼らの仕事はなく、仮に与えられた居場所は恐怖と不安がいまだに張りつめている。早まったことをしないよう、監視の目は厳しくなった。村人たちはそれを一人の娘のせいだと思っているが、責めるものはない。誰しもが彼女と近い思いを抱いていたからだ。

しかし彼女は誰からも離れてひとり、庭の片隅で膝をかかえている。自分とさほど年の変わらない少女を殺しかけた娘は、無表情な顔に遠雷のような怒りをたぎらせながら、世界のすべてを拒絶するようにかたく身を丸めて、兵士の監視の目を一身に浴びている。それすらはねのけるほどの冷たい憎悪を殻のように身にまとって。

＊

深夜だった。

ヴァレリウスは卓上に小さな灯りをともし、羊皮紙の上にパロからこれまでの経緯を書き留める作業についていた。特に必要というわけでもなく、これもまた、待つという無為な時間を埋めるための孤独な作業だった。城内はほとんど寝静まり、なんの音もしない。リギアもマリウスも、それぞれの部屋で眠っている。

削った羽軸がかりかりと羊皮紙をひっかいていく。目に見えないでこぼこに先がひっかかり、墨が垂れて大きなしみを作った。低い声で罵り、吸い取り紙と軽石を探して顔を上げたとき、夜風のひとひらが吹き込んできたように、そこに音もなく立つ人影を見つけた。白い顔をしたアッシャが、両手を身体の前でしっかりと組み合わせ、思いつめた目をして立っていた。

「お前か」

とうとう来たのだ。ヴァレリウスはため息をついて書類を押しやり、椅子をきしませて立ち上がった。

「では、決めたのだな。どこに住みたい？　身分や細かい場所までは今教えてはやれないが、できるかぎり希望は聞くぞ。前と同じように宿屋の娘として暮らしたいか、それとも、商家の娘がいいか。さすがに貴族とまでは約束してやれないが、それなりの暮らしのできるところにいくつか目を付けてある。新しい家族については心配するな。俺がなにもかもうまくやってやるから、お前は……」

「お師匠」

アッシャの声は風を切って飛ぶ小さな矢羽根のようだった。

「お師匠。あたし、魔道師になる。このまま」

机の反対側に回りかけていたヴァレリウスの足がとまった。

「もう町娘には戻らない」

口をはさむ隙を与えずアッシャは続けた。

「あたしは魔道師としてこのままお師匠についていく。ついていって竜王と戦う。パロを取り戻して、竜王をこの中原から追い払う。そのための武器になる。お師匠の言うとおり、なんでもする」

「……お前は自分が何を言ってるのかわかっていない」

何度かはげしい息をついてから、ヴァレリウスはようやく言った。

「いいか、俺についてくれば、お前は——」

「そんなこと、嫌になるくらい考えた。うんとうんと長いこと、そのことで身体じゅう膨れあがって、部屋いっぱいになりそうになるまで」

強い口調でアッシャはさえぎった。

「怖くないわけじゃない。まだ怖い。怖くてたまらない。できれば逃げたいって、まだ逃げられるって、あたしのどこかがそう言ってる」

「なら、どうして——」

「でも、逃げたって結局同じなんだ」

アッシャは強く唇を噛んだ。荒れた唇はほとんど見えないほど薄くなり、ふっくらした頬は、ここ数日の絶食に近い状態のために鋭くそげて、碧色の瞳ばかりが物に憑かれたように光っていた。

「あたしが忘れても、燃やした村が元に戻るわけじゃない。あたしがあの女の子の帰る場所を奪ったことはなしにはならない。もしあたしが忘れればなにもかも元に戻るならそうするけど、あたしのしたことも、あたしの力も、本当になくなることは絶対にない。そうなんでしょう」

ヴァレリウスは答えることができなかった。

「それに」とアッシャは固い声で続けた。

「もしあたしが忘れたら、パロで死んだ父さんと母さんを覚えてるものもなくなる。あたし以外、父さんたちを覚えてる人はいないのに。宿に来てくれた人たちや、近所の友だちや、パロで死んだ人たちみんな、覚えてる人はいなくなる。ひどいよ。死んだあとにまた忘れられるなんて、もう一度父さんと母さんを殺すみたいなものじゃないか」

「お前の言うことはわかる、しかしな、アッシャ――」

「それに、あたしも」

針のように鋭いアッシャの声は、ヴァレリウスの震える声を貫いた。

「あたしも、あたしのことを忘れる。今のこのあたし、パロで生まれて育った〈犬と橇《そり》〉亭のアッシャ、父さんと母さんの子のアッシャ、このあたしも、いなかったことになる。それはあたしが、自分自身を殺すことだ。

あたしは父さんと母さんの子供、パロで育った娘、竜頭兵から父さんと母さんが命がけでかばってくれたおかげで生き抜いた。そのあたしを、今、何かがつらいからって自分で忘れて殺すの？　だめだよ、そんなの。あたしが忘れたら、父さんと母さんが命をかけてしてくれたことが、ぜんぶ何もかも無駄になる」

ヴァレリウスは何もいえずにじっと頭を垂れたきりだった。

「力を持ったことは、あたしが望んでなったことだ」

声がかすれ、小さく咳こんでからアッシャはまた言った。

「想像してた形じゃなかったけど、竜頭兵を殺せると思って、有頂天になってたのはあたしなんだ。お師匠がなんと言おうと、あたしがやったことは、あたしがやったことだ。どうしたって、それは変わらない。あたしが忘れたって、みんなは忘れない。あたしだけが忘れて幸せになるなんて、そんなのは嫌だ。間違ってる。あたしはあの娘の家を奪ったのに、あたしは何も知らない顔で、新しい家で新しい人間になるなんて、そんなことできない」

「アッシャ――」

「たとえ忘れても、あたしの手には血がついてる」

ここ数日で骨ばって筋が目立つようになった手を、アッシャはかざした。

「目には見えない血だ。洗ったってぜったいにとれない。たとえ忘れたって、それはやっぱりあたしについてまわる。それなら見ないふりをするより、毎日それを見つめて、二度とそんなことをしないように心に刻みつけるほうが、ずっといい」

「お前が選ぶのは、影と幻影の道だ」

ようやく、ヴァレリウスは言った。

「暗黒と陰謀がまかり通る闇の道だ。選ぶのは一度だけだと俺は言った。選んでしまったら、もう引き返せないぞ。二度と光の当たる世界には戻れない。それでもいいのか」

「この力があたしにあるかぎり」

はっきりと、アッシャは言った。

「そしてあたしが、あたしであるかぎり。あたしは父さんと母さんの命を犠牲にして生き残った。それならあたしは、あたしにできることをする。あたしはあたしの手を、この上、あたし自身の血で汚したくない」

ヴァレリウスは何かを押しとどめようとするかのように手をあげたが、やがて、力なくその手は横に垂れた。崩れるように椅子に腰を落としたヴァレリウスに、アッシャは夜風にまかれた雀蛾《すずめが》のようにそっとすり寄った。

「お師匠」風のささやきに似た声でアッシャは囁いた。

「ひとつだけ、約束して」

机についた手で額を支えたヴァレリウスは目だけを動かしてアッシャを見た。逆立った鼠色の髪の間で、追いつめられたような色を宿した目が少女のきらめく碧《みどり》の目と出会った。

「あたしはお師匠の道具になる」

机の端を強くつかんで、アッシャは身をかがめてヴァレリウスの耳に呟いた。

「なんでも言うことをきく。殺せと言われれば殺すし、焼けといわれれば焼く。どんな汚いことだって、お師匠がしろというなら、そうする」

ヴァレリウスの顔からゆっくりと血の気が引いていった。アッシャの声は低かった。

「けどそれは、あたしや、あの村の女の子みたいな人間をこれ以上増やさないためにするんだって、約束して。あの竜王とあいつが使う怪物どもに、これ以上みんなを痛めつけさせないためにすることなんだって、誓って。嘘でもいいから、今、この場で。あたしを扱う手が、別の人間をただ痛めつけたり陥れたりするためだけに動くんじゃないと思わせて、お願いだから。じゃないと、あたし――」

碧色の妖精の目が大きくなり、ヴァレリウスを呑み込み、部屋全体に広がるように思えた。

「あたしは、自分を燃やして、お師匠も燃やして、みんな燃やしてこの世から消える」

夜風の囁きがそう呟いた。

「それでも、あたしの手と血は泣きながらドールの地獄へも行かずに世界をさまようだろうけど。でもこれ以上、みんなにひどいことをしたり、わけもわからずに人を傷つけたりするよりはずっといい。

あたしは、あたしのままで生きたい。あたしの力を、役に立つように使ってくれる人がほしい。だからお願い、お師匠」

凍りついたように動かないヴァレリウスの足もとに静かに座り、アッシャは魔道師の黒衣の裾にそっと唇をあてた。

「あたしを使って。あたしを導いて。あたしに道を示して、影の道、幻と陰謀の道を。あたしはそこを歩いていく、今のあたしのままで、手に血をつけたままで、自分の力が役に立ってると信じて。あたしは魔道師になる、お師匠、だから、あたしを受け入れて。お願い」

裾の上に身を折ったままアッシャは呟いた。「お願い」

ヴァレリウスはしばらく呼吸もせずに目を閉じていた。やがて震える手をのばし、少女の赤い巻き毛に乗せた。アッシャはゆっくり顔を上げて師を見た。その目に涙はなく、うす闇の中で燃える瞳は、魔力を秘めた二箇の緑玉《エメラルド》のようだった。

「わかった」

長い沈黙のあと、ヴァレリウスはぽつりと言った。

「わかった、アッシャ。わかったよ」

アッシャは小さく頷き、再び頭を垂れてヴァレリウスの足によりかかった。ヴァレリウスは少女の頭に手を乗せ、溺れるもののようにその髪に指を絡めた。揺らめく灯のもとで、師と小さな弟子の影は、そのままずっと動かなかった。

＊

水晶玉は大事ない。大きいのと小さいのがふたつ。

ひとつはお師匠の、小さいふたつはあたしの。ちゃんと紫の布にくるまれて封じの札が貼ってある。それと香と香炉。何種類かある粉の包みを間違えないように揃えておかなければならない。

白い胴着とごつい長靴は騎士様が新しいのをくれた。革を編んだ腰帯はあの洒落者の王子様、じゃない、吟遊詩人がくれた。白鳥のしるしに組み合わされた模様が織り込まれていた。意図のわからない自分ではない。言われるまでもなく、あの日のことはけっして誰にも話しはしない。

魔法陣を縫い取った布と羊皮紙、特別な配合をした墨はこぼさないように気をつけて。箱の中にきちんと並んだ瓶や包みの数々を、そわそわと何度も数えなおす。

清めた食べ物。塩を混ぜた水。香料入りの色のついた蠟燭。これまではお師匠がやってくれていたけれど、今度からはみんな自分でやる。

いざという時に自分で対処できるように、細かいことからいちいち覚える。自分から言い出して、お師匠がそれを受け入れてくれた。決めた以上、手加減はしないとはっきり言い渡された。

――あたしは、魔道師になる。領いた。望むところ。

「アッシャ」

ヴァレリウスが呼んでいる。

「早く来なさい。結界を開いた。今度は前より頑丈にしてある。前に中断したところより少し戻った段階から訓練を再開する。その箱と、それから横になる袋もついでに持ってきてくれ。それと水と食料もだ。アッシャ？」

「はい、お師匠」

アッシャは箱の蓋をバタンと閉め、うなり声をあげて肩にのせた。腰には父親から受け継いだ短剣が守るように柄をきらめかせている。

しっかりとしたその線に祈るように手を走らせ、よろめきながら数歩歩いた。ふと立ち止まった。

目を上げると、城の二階の回廊から見下ろす視線に出会った。

あの娘だった。

刺すような目でこちらを睨みつけている。あからさまな憎悪と嫌悪の視線に、背筋が凍りつくようだった。

「アッシャ」

「いま行く、お師匠」

アッシャはうつむき、重い荷物によろめきながらその場を離れた。地下へ下る階段の前で、ヴァレリウスがせかすように手を振っている。

その背を、視線はいつまでも追ってきた。ヴァレリウスが結界を開いて閉じ、暗い地下の訓練場へアッシャを導いてからも、暗い扉を貫いて、永劫離れることのない剣のように。

第四話　〈死の御堂〉の聖者

1

「……この忘れられた聖堂、ソラ・ウィンの静謐《せいひつ》を騒がす者は誰だ？」

　ブランは音をたてて唾をのんだ。地下の空気の冷たさが急激に肌に突き刺さってきた。ミロクの兵士たちに追われていたときとは別物の汗がじっとりと手にわいてきた。

「そちらこそ、誰だ」

　できるかぎり腹に力を入れて返した。声が震えていないよう祈るしかなかった。

「俺はブラン、この邪教に侵されたヤガの秘密を暴き、仲間を救出するためにここに潜入した。貴様は何者だ？　亡霊か？　ここはいったいどこなのだ？」

　しばらく返事はなかった。息を殺して待つうちにしだいに薄闇に目が慣れてきて、あたりの様子もよりはっきりしてきた。

　骨また骨。見えるのはただそればかりだった。聖都ヤガの遙か地下、大神殿のさらに奥深く。〈新しきミロク〉の兵たちは去ったが、また自分がどんな面倒に落ちたのかとブランはいささかうんざりと思った。

壁に背を預け、そろそろと首を回してあたりを観察する。よく見てみれば、かなりの壮観ではある。構成しているものの性質を考えずにいられればの話だが。見渡すかぎり、人骨の山。人間の骨格のあらゆる部分がさまざまな創意工夫のもとに配置されて、見事な礼拝堂らしきものを作り上げていた。

水盤の縁には大小の肋骨を組み合わせて飾り編みのような細工がほどこされ、散在する小祭壇はまるで工夫を競うかのように骨盤や頸骨、鎖骨、腕骨などが思いもしなかったやり方で組み合わされて、多彩な形を作り上げている。壁の浮き彫りに見えるものはすべて背骨や小さな頭骨や歯をこまかく貼り合わせたもので、歯と指の骨が大腿骨の幹に咲き乱れる骨の花園で、骨盤と肋骨の晴れ着をまとった骸骨の花嫁と花婿が骸骨の客たちに祝福されている。

その反対側では死んで腐り、やがて白骨と化していく死体のさまが、やはり骨を使って丁寧に描かれている。骨を使って細密に表現された白骨死体という冗談としか思えないものに、ブランはもう少しで場違いな笑い声をあげるところだった。

隙間という隙間には骸骨のにやにや笑いが見え、古びて朽ちて歯の抜け落ちた頭蓋骨が暗い眼窩を見開いている。ともされてはいないが壁から吊された火皿ですら、小型の骸骨か、さもなくば注意深くつなぎ合わされて手のひらの形を再現した手の骨だった。部屋の中央にそびえる骨の塔の頂点から、ひときわ巨大な頭蓋骨が骨でできた蓮華の弁の上から声のない祈りを振りまいている。

これだけの細工をするのにどれだけの時間がかかったのか、どれだけの数の人骨が必要だったのか、見当もつかない。並んだ壁龕《へきがん》の間には寝棚のようなものがずらりと重なり、どれにも衣の残骸をまとった完璧な骸骨が、からっぽの胸に骨ばかりの手を組んで沈黙のうちに横たわっている。壁龕に納められた、僧衣をまとった白骨の指から下がっているのが指の骨をつづりあわせた祈り紐であることに気づいて、ブランは背筋に冷水を流されたような気がした。

「邪教とは、何を言うか、侵入者」

姿のない何者かの声がようやくこだまを引いて返ってきた。

「ミロク様の御教えはこの濁世《じょくせ》を導き清めるための聖なる智慧にほかならぬ。清く身を保ち、隣人に手をさしのべ、ただミロク様の救いの御手にすがるミロクの徒の、何をもって邪教と呼ぶのか、侵入者よ」

「ここで起こっていることを知らぬのか、亡霊」

思い切ってブランは返した。相手が生者であろうがなかろうが、もうどうにでもなれという気分だった。

「この都市はいま淫祠《いんし》邪教の巷《ちまた》となり果てている。本来のミロクの教えは圧殺され、〈新しきミロク〉と名乗るいんちき聖者どもが僧たちの座をのっとって、妖しいわざで民を操り、他国へも侵攻せんとしているのだ。応えよ、貴様は何者だ？　俺はヴァラキア生まれのブラン、栄えあるドライドン騎士団の騎士だ。俺は邪教の徒に誘拐された女人と若者を救出するためにここに来た。返答次第では、ただではおけぬ」

ふたたび、しばしの沈黙があった。ただし今度は、何か考えているような気配があった。ブランは待った。自分の呼吸音がうるさく耳の中で鳴った。

「来よ」

ようやく、薄闇の奥から返答があった。

「こちらへ来て、顔を見せるがよい」

ブランは無意識に腰をさぐり、そこに剣がないことに気づいて迷ったあげく、先ほどつかんで放り出した大腿骨をまた拾い上げた。剣ではないが、かなりしっかりしている。棒のかわりに、いざという時殴るか突くかくらいには役立つだろう。

奥へ進むと、御堂は微妙に変化した。通路が広くなり、わき道にいくつかの小部屋が見られるようになった。ひとつ覗いてみたが、そこもまた骨でびっしりと埋められているのは同じだった。並んだ壁龕の数がますます多くなり、加えられた装飾もますます手の込んだものになった。それらすべてが骨を使ったものであるのは変わらなかったが。

足もとは大腿骨と腕骨を並べたものから白い丸石のようなものを敷きつめたなめらかなものになり、丁子《ちょうじ》のような香の香りがはじめはかすかに、やがてより強く漂ってきた。不快な香りではなかった。白い丸石はおそらく、びっしりと床に埋め込まれた頭蓋骨の頭頂部であろう。

おびただしい骸骨の上に立っているわけだが、不思議と恐怖は感じなかった。あたりを死に埋めつくされているにもかかわらず、ここには奇妙に厳粛な、自然と背筋の伸びる、大寺院の奥のような神さびた空気があった。

通路がつきた。ブランは骨に取り囲まれた広間に立っていた。頭の上には上手に組み合わされた頭骨と歯でできた切り塡めがあり、ゆるやかに弧を描く拱門《アーチ》はすべて微妙な曲線を描く手と腕の骨がそれぞれ薔薇の蔓のように絡み合う形でできていた。骨の放つ燐光がぼんやりと青く周囲を照らしている。円形をなす部屋の壁面はすべて中に骸骨を納めた壁龕でおおわれ、丁子の匂いがいっそう強く漂ってきた。

部屋の正面の奥まった場所に、一個の座があった。これもまた多くの骨を使って注意深く築き上げられ、四方の全面には多くの人間が両手を上げ、あるいはうつ伏せ、横たわり、のたうち、さまざまな生と死の姿を、骸骨の姿で表現している。

座上にある姿を、はじめブランはそれも骸骨かと見た。だが違った。まさに骸骨のごとく枯れ果て、一枚かぶった皮も干からびはててもんだ渋紙色になり、今にもかさかさと崩れ落ちそうではあったが。

黄色い僧衣をまとってはいるようだったが、ほかの壁龕の骸骨と同じく色は抜け、朽ちて、褪せたぼろ布を巻きつけているにすぎない。手には祈り紐をかけていた。この祈り紐は朽ちてはおらず、骨でできているわけでもない。長い間指でこすられるうちにすり減り、いびつな形になった水晶と何度かヤガで売られているのを見かけたことのある、何かミロクに関する聖なる木の実の種をつらねたものだった。

ひときわ強く丁子が香った。それは目を開いてブランを見た。ぎょっとするほど黒く、強く、澄んだまなざしだった。ほとんど木乃伊《ミイラ》めいた姿の中で、その両目だけがブランが思わずその場で足を止めるほどの力に満ちていた。

「……そなたか」

干からびた唇がわずかに動いた。見かけによらず、声もまた朗々としていた。

「俺だ」

反射的にブランは応じ、急に手にかまえた大腿骨が恥ずかしくなって、足もとにおろした。長い間忘れていた感覚だ。学校でしくじりをやらかし、教師の前に喚び出された時のばつの悪いあの感じ。

「見たところ、ミロク教の者ではない」

じっくりとブランを頭の先から足の先まで眺め回す。視線の強さに、ブランの肌は火に焼けたようにちくちくした。

「なぜ、ソラ・ウィンの静謐を乱す。ここは忘れられた場所、われはミロクの世の降臨を待ち望む人々のためにこの御堂にて禅定に入り、楽園の到来を祈り続けるものである。ミロク教のものでないなら、なぜここにいる。先ほど、なにやら気になることを言った。申せ」

「このヤガは今、〈新しきミロク〉と名乗る邪教によって乗っ取られようとしている」

どうやらこの生きた木乃伊めいたものはソラ・ウィンなる名らしい。ブランは唇をなめた。

「〈新しきミロク〉はこれまでのミロク教の教えを旧きミロクと呼んで駆逐し、人々を洗脳し、武器を整えて騎士団を――他国への武力侵攻に足るだけの戦力を整えつつある。超越大師、また五大師と呼ばれるものが人々の上に立ち、聖者面で人々に聖戦を呼びかけている。大神殿なるものがこの上に作られ、そこでは、堕落した僧侶どもや魔術師が民からしぼりとった金で、放埒な快楽に耽っている。俺はそこから逃げてきた」

一つ息をついで、ブランはソラ・ウィンの目を見つめた。

木乃伊めいた身体は微動だにしないが、黒々とした目はまっすぐにブランを見据えている。心の中まで見透かす目だ、とブランは内心呟き、そういえば、イェライシャもこれと同じく、魂の中まで貫くような目をすることがあった、と思った。

「……先ほども言ったとおり、俺はヴァラキアのドライドン騎士団の者だ。さまざまな行きがかりがあって、〈新しきミロク〉に誘拐されたある女人と、パロの要人を救出するためにここに潜入した。だが、このヤガに巣くった怪物どもの一匹に塡められて捕らわれ、逃げ出した先で床が外れてここに落ちてきたのだ。騒がせたことは謝る。だが、ヤガが現在、大変なことになっているのを知らないのか。見たところ、あんた……えー、御僧も、ミロク教の僧都《そうず》とお見受けするが」

しゃべっているうちに落ち着かなくなったので、言葉遣いを変えた。ソラ・ウィンには、そうさせる何か不思議な雰囲気があった。高僧ならばまさにこうであろうと思われる、高山の清冽な空気に似た下界と一線を画するものとでも言うべきか。

「御僧はかなり高位の僧であられると見た。ヤガがこのようにミロクの名を借りた邪教の蹂躙するに任されているとあらば、何か行動を起こされるべきではないか。ヤガと〈新しきミロク〉の裏には、東方、キタイの竜王の魔の手がある。このままではヤガとミロク教は、竜王の傀儡《かいらい》として中原の国々を襲う魔性の徒とされてしまうぞ」

しばし間があった。ブランは息を殺して返事を待った。だが返ってきたのは思いもよらぬひとことだった。

「……知らぬ」

「なに？」

「知らぬ、と言った」

淡々とソラ・ウィンは繰り返した。

「知らぬだと！」

思わずブランは一歩前に踏み出した。

「どういうことだ。御僧はミロクの信徒ではないのか？　御僧はミロクの降臨と楽園を望む人々のために祈り続けていると言った。ならばなぜ動かん。俺はヤガとミロク教が邪教に乗っ取られていると言っているのだぞ。このままでは本来のミロク教は消え失せ、人外の魔であるキタイの竜王の手先と化してしまう。人々のために祈るというならば、その人々のために、いま何かせねばミロクの教え自体が滅びてしまう！」

「ミロクの教えは真の智慧である。真の智慧が滅びることはない」

ソラ・ウィンの声がずしりと頭上に降ってきた。

「ミロクは数千数万の転生を重ねて悟りを得られ、楽園の到来を約束された。起こるべきことはすべて起こるべきことである。われわれはそこに介入すべきではない。あらゆることはミロクの到来までの長い道程にある路傍の石でしかない。われらはすべてを受け入れ、ただミロクのみを信じて祈る。人のすべきことはそれである。いかな悪行も邪悪も、広大無辺のミロクの智慧の目から見れば塵に等しい。これらもまた、われらが忍ぶべき生の試練のひとつではないと誰に言える」

とっさにブランは何も言うことができなかった。ソラ・ウィンはわずかに頭を動かし、あたりの骨また骨の御堂を目線で示した。

「見よ。この〈死の御堂〉は、ミロクが千万重ねてこられた輪廻を記憶する御堂である。われはここにてミロクの重ねられた生と死に思いをいたし、その智慧と慈悲がやがてすべての人に広まる日を待っているのだ。これらの死者はすべてミロクの教えに従い輪廻を巡る人々、いずれミロクが降臨される世には、光の肉をまとってふたたび立ち上がろう。われはその日を迎えるまで、この座を離れぬ誓いをたてた。立ちあらわれるあらゆることは幻にすぎぬ。輪廻を抜けたはるかな刻の果て、ミロクの世を見据えるものからすれば、この世は陽炎よりもはかない」

「ええい、だから、そのミロクの世がよこしまな者によってゆがめられ、利用されているのだというのに！」

ようやく自分を取り戻して、ブランはわめいた。骨の円蓋に声が反響し、骨同士がぶつかって乾いた音を立てた。

「御僧はミロクの高僧であられるのだろう。ならば邪教にまどわされた民を目覚めさせ、正しい道へと導くのが筋ではないのか。ミロクの世と言うが、今のヤガはもはやそのようなものを期待できるような状態ではなくなっている。放置すればいずれその害は中原全体に及ぼう。それを座視して見過ごすというのか、御僧は！」

「すべて起こるべきことは起こるべきことである。正しきミロクの智慧は滅びぬ」

腹の底にひびく声で僧侶は繰り返した。枯れ干からびた喉から出るとは思えないほどに力強く重い言葉だった。絶対の確信と信仰が声の力を裏打ちしていた。

「それでこの世が滅ぶというならそうするがよい。たとえすべてが灰燼《かいじん》となろうとも、ミロクの教えは燦然《さんぜん》と輝き、灰の中から立ち上がろう。まことの智慧とは、そういったものだからだ。そなたの言う邪教がミロクの名を偽ろうと、しょせんは幻にすぎぬ。幻はすべて過ぎゆき、夢はかならず醒める。人が生という夢にまどわされ、輪廻の道が果てのないものと感じているようにだ。輪廻の夢から醒めれば、ミロクこそが唯一絶対にして確固たる真実であることに気づく。われはその時をこそ待っている。人々はいまだ生の夢に迷うているが、必ずいつかは醒める。何千何万年がたとうとも、それまでは何が起ころうと、あまたの転生にてミロクが堪え忍ばれた苦い果実のひとつとして、われらもまたそれを味わう」

膝から力が抜けて、ブランはそこに膝をつきそうになった。何千年などと悠長なことを言っていられる場合ではない、という怒鳴り声が喉元まで出掛かっていたが、それを口にしたところでおそらくこの聖人には届かないだろうという気がひしひしとした。

ミロク教徒はたとえ殺されようとも手を合わせ、自分を殺そうとしている相手の魂の平安を祈りつつ粛々と刃を受け入れるというが、つきつめればそれがこのような思考にまで至るとは思っていなかった。

なるほど思想としては立派なものだろう。この僧がある程度の高みまでたどり着いているというのも感覚でわかる。人々の悟りのために身を捧げ、この骨ばかりの〈死の御堂〉で衣食を絶って祈り続けているなどというのは、確かに常人ではできぬことだ。

しかし千年では遅い。百年、十年、いや一ヶ月、一日でも遅い。

たとえ生が夢であるとさとされても、その夢の中でも精一杯にあがくのが人というものではないのか。少なくとも今のブランには、こんな教理問答についやしている時間はない。騎士とは行動するものだ。一刻も早くヤガからあやしき者を払い、フロリーとヨナ博士を救出し、邪教団の化けの皮をはがさねばならぬ。でなければ竜王の影は着々とヤガを呑み込み、いずれ中原全体にその爪をのばすだろう。

「……もういい。わかった」

だが、おそらくこの世間を離れた聖者には言うも甲斐ない言葉なのだろう。頭を振ってブランは身を立て直し、足もとに置いた大腿骨を拾い上げた。

「御僧の行のお邪魔をしたことは幾重にも謝る。だが俺にはまだせねばならぬことがあるのだ。せめてここから人に見つからず出る道があれば教えてもらえぬか。……いや、いい、これ以上の邪魔はせんよ。俺は夢幻に迷う虚妄の徒であるかもしれんが、夢は夢なりに痛みも感じるし血も流す。救わねばならない者も、果たさねばならない使命もある。あの阿呆らしい超越大師どもやらに民がだまされているのを放っておくわけにもいかん。超越大師ヤロール、はっ！　ミロクの世の到来は俺も祈るが、その前に、まだ夢に生きている人々を俺は救わねばならんのでな」

「待て」

大腿骨を肩にかけて、向きを変えかけたブランの背に声がかかった。

すでに数歩行きかけていたブランは、いささか苛立ちつつ肩越しに振り返った。

「何かまだ説き聞かせたいことでもあるか。俺はあいにくミロク教徒ではない。ありがたい説教をいただいても、何が何やらわからんぞ」

「いま、ヤロールと申したか」

平坦なソラ・ウィンの声に、ほんのかすかな乱れが生じていた。漆黒の瞳がわずかに光を増したようだ。

「そうだ」

興をおぼえてブランは骨をおろし、木乃伊めいた聖者に向き直った。

「超越大師ヤロール。それと五大師——すまんがそいつらの名は覚えておらん。キタイ系の名はどうも似たり寄ったりで困る。あと、その上に竜王の手先の化け物で、カン・レイゼンモンロンと名乗る人間に化けたやつがいる。ご存じか」

「ほかについては知らぬ。だがヤロールについては、あれはわれが寺院に連れ帰った迷い子である」

沈思するようにソラ・ウィンは瞼を伏せた。

「われが中原にて托鉢《たくはつ》の行脚《あんぎゃ》僧として行を重ねていたころ、街角にて幼児が家族とはぐれ、世話をするものもなく死にかかっていた。それをわれと連れの者が食事と衣を与え、ヤガに連れ帰ってミロクの法門に入らせた。

われはヤガに帰り着いてのち間もなくこの御堂に入ったため、爾来《じらい》ほとんど会ってはおらぬが、熱心な若僧となったとは仄《ほの》かに耳にしておる。そのヤロールが、超越大師とは何をもって名乗るか」

「俺が知るわけはなかろう。だが、奴はミロクと直接会い、話ができると言い広めているぞ」

不機嫌にブランは言った。

「俺の知るミロク教は偶像を拝んだりはせず、教徒や僧との間に身分の差はないと思っていたが、今の〈新しきミロク〉は違うのだ、御僧。ヤロール──超越大師が教団の頂点に立つ者となっており、五大師がその下で一般の宗徒を統率している。〈ミロクの騎士〉なる武装集団もいて、これが異教徒を一掃する聖戦を起こせと気炎を上げている。ミロク教徒は確か武器を身に帯びてはならぬはずだと思ったが」

ソラ・ウィンはまだ黙って何か考えている。ブランは被せるように、

「その上、ヤロールとやらはなにか知らんがミロク本人を降臨させると称して、腰巾着の五大師や魔術師どもを、罪作りな幻をもってたぶらかしている。本人も騙されているようではあるから、自覚があるのかないのかはわからん。しかしあれが起こるべきことだから放っておけとおっしゃるなら、俺は断固拒否するぞ、御僧。俺はだいいち、幻に酔っていいように操られる奴らが気に食わん。その上あれを放っておいては、俺の大切にしているものすべてにいずれ被害が及ぶ。

しかも俺はカン・レイゼンモンロンと名乗る者の真の姿を見た。あれは人間ではない。竜王からこのヤガを邪教の都として作り替えるために派遣された魔物だ。あのような魔物に唱導されてミロク教が真の姿を失うのは見たくない。俺はミロクの徒ではないが、ミロク教徒の隣人や家族を大事にし、なにごとも質素で穏やかで平和を好むところは買っているのだ。そうした美質が失われてしまうのは、俺としても避けたい」

「ヤロールが……」

ブランの言葉を聞いているのかいないのか、ソラ・ウィンは呟いた。

そして、いきなり立ち上がった。動けばたちまちばらばらになってしまいそうな干からびた人体が、思いもかけずなめらかな動きで立ったので、ブランは思わず数歩あとずさった。

「ど、どうした、御僧。気が変わったか」

「一度わが手に触れたとあらば、わが弟子」

驚くほどすばやく、優雅な動作でソラ・ウィンは床に降り立っていた。

立ち上がると非常に背が高く、ブランとほとんど変わらないほどだったが、枯れきって肉がほとんどないためによけいにひょろひょろと高く見える。だが両手両足にみなぎる力は本物で、ブランを見返した瞳には、前にもまして強い光が宿っていた。

「弟子があやまちを犯したとあらば、正すのが師の役目であろう。われはヤロールに会い、ミロクに会うというその説の真偽をたださねばならぬ。

ミロクとは智慧であり、輪廻の果てにある救いであり、われらの魂の光そのものである。ミロクを目にするとは、おのが魂そのものを目にするも同じこと。わが法統《ほうとう》の末につながるものが謬説《びゅうせつ》に迷い、魔縁の縁に落ち込もうとしているのであれば、われは行って、それを救わねばならぬ」

「俺とともに来てくれるのか？」

あぜんとしてブランは問うた。

「われはヤロールに会いに行くのだ」

そっけなく高僧は行った。

「そなたとともに行くのではない。これはミロクの教理を守るものとしての義務であり、法の道よりはずれた弟子を正しき道に連れ戻すためである。そなたがどこに行くかは知らぬ。われは一人でゆく」

（やれやれ）

何がどうこの聖者の心をつついたのかはいまひとつ納得がいかないが、とにかくこの御堂から出て、超越大師とやらを問いつめる気にはなってくれたと見える。とりあえずは、それでよしとすべきだろう。

「では、俺が御僧についていくことにしよう、かまわぬだろう？　〈新しきミロク〉がどのようなものか、御僧は知らぬと見た。もしかしたら御僧を邪魔者と見なして襲ってくるやもしれぬ。そのときには俺の手足が役立つだろう。失礼ながら御僧の手足は、祈り紐をたぐるか、座禅を組むかにしか向いておらぬようだからな」

「好きにするがよい」

ソラ・ウィンはほとんど上の空だった。すでに思いは法の道を外れた弟子のもとに飛んでいるらしい。

「われは行く。あとに何がついてくるかはわれの知るところではない。ただし、そなた自身の身を守るためならば知らず、われの身を守るために宗徒に危害を加えることは避けてもらいたい。われはミロクの徒である。わが身に起こることはすべてミロクのご意志である。剣の林、矢の雨であろうとも、それがミロクのご意志ならば、われは避けるつもりはない」

「わかった、わかった」

まったく、ミロク教徒というのは心の底から面倒だ。ブランは内心大きなため息をつき、大腿骨を慎重に腰帯にはさんだ。

「わかったからとにかくここを出よう。ここでうだうだやりあっていても、ヤロールには会えんぞ。奴はこの上の大神殿の奥宮にいる。五大師もおそらく、そこだろう。わかる道まで行ってくれ、ソラ・ウィン殿、そこから先は、俺がなんとか奥宮まで辿ってみるから」

あとがき

どうもご無沙汰いたしました五代ゆうです。（ひらきなおり）

……いやすいませんすいません頑張ってはいたんですすいませんでも梅雨から夏は死ぬんですだいたい死んでるんです気圧の変動の激しいときとかもうめちゃくちゃなんです体力つけたいです内臓筋つけると気圧に影響されなくなると聞きますがとりあえず筋トレですかやっぱりそうですかすいません……

まあそれはさておき。（たちなおった）

六月初めに行われた居酒屋グイン亭でのトークショーにご参加くださった方々、どうもありがとうございました。たいへん楽しい時間を過ごさせていただきました。皆様より見事に『五代ゆうは業が深い』という認定をいただきました。まあいろいろとアレなのは確かなので一言もございませんです。いかに無茶な書き方をさらしているかバレてますがまあ昔からそういう感じなのでもうあきらめてください。ハイ。

あのトークショーの時点でリリト・デアとフェラーラの章までだいたい書き終わっていたんですが、そのあとアッシャの章書いてる時に夏の直撃を受けました。滅べ。（無理）

これ書いてる今はかなり涼しくなってきてなんとか外も出歩けるようになってきましたが、一時はほんとにクーラー入れた部屋でアザラシのごとく転がっているしかありませんでした。（そして猫×四はかまわずくっついてくる。お前ら暑くないんですか……）

枕元の麦茶で水分だけは補給しながら、一日一食、冷やしうどんとご飯一杯をなんとか口に詰め込む感じで。ソイジョイとアイスモナカとガリガリ君はおともだち。冬の間の救急食料なチョコレートは暑いと溶けて役に立たないのでございます。

……まあ一章書くごとに自分へのご褒美と称して趣味の原稿書くのもいけないんですけど。うん今数えたら二百二十枚ちょっとある。グインとプラスしたら全部で普通に六百枚近く書いてる。アホですか自分うんアホだわごめん。

えー、まあ今回もあちこちいろいろと起こってはいるんですが、今回は比較的本筋にからまないというか、絡んではいるんだけど外伝っぽいというか。

魔都フェラーラの運命とその住民は本伝を読んだときから気になっていて、いや確かにグインの方がそんなの気にしている場合じゃなくなってたんですけど、やっぱりアーナーダ死んで護り手もなくなってキタイに脅されたまま話から消えてしまったフェラーラの運命は、実は私ずっと心にかかっていてですね。今回の本は自分なりにそちらに決着をつけてみました。あといくつか伏線を消化してみたりとかなんとか。

アッシャの話も、まあ悩んではいますし、キャラとしてこれからも活躍してもらうためにはちゃんと消化しておかなくてはならない問題なんですが、大きな物語の中ではあまり重要ではない話なので、今回はちょっと全体的に中休みの回といえるかもしれません。

で、四話がいきなり一章で終わっててごめんなさい……えーとこれに関しては、毎度おなじみ電波の人が「あ、ここで切らないと次本一冊分くらいまるまる切るとこなくなるからねーよろしくー」とか言ってきたからです。いつものようにこちらの事情はぜんぜん関知しない人たちです。しろよ。

まあ、あと残り枚数がハンパに足りなかったのもあるけど。たぶん次はここからその

まま続いてブランと老師大活躍のヤガを巻き込む魔道大戦……になる。はず。よね？ね？（宙を見上げる）

あーいやしかしやっぱりえすえふは楽しいですねえ。基本的にファンタジーには人名地名やカタカナの方がなじみのいい言葉以外カタカナを使わない主義なので、できるだけカタカナを使わずにえすえふっぽいセリフ書くのすごい楽しかったです。

あ、『代理構成体』という言葉は弐瓶勉さんのマンガ『BLAME!』に登場する用語が好きで使わせていただきました。いやあ、私『BLAME!』のコミックス一巻からずっと追いかけてましたけど、まさか弐瓶作品があんな高クオリティでアニメ化される日が来るとは思いませんでしたよ長生きってするもんだなあ。（感慨にふける）

トークショーに来てた方はお聞きになってたかもしれませんが、弐瓶さんの『シドニアの騎士』という宇宙ロボットSF（ハーレム人外ラブコメ）マンガがアニメ化されまして、これがまた驚きのハイクオリティでしてですね。でもって劇中劇で制作された『BLAME!』のアニメがまた鼻血噴くほどかっこよくて、ブルーレイ収録の九十秒版を何度見返したことか。重力子放射線射出装置……ああ霧亥《キリイ》かっこいい……。

『BLAME!』の続きは「みんなの応援しだいよ」（by 緑川司令補）だそうなのでみんな円盤買って配信見てください損はしません。「登場ヒロインほぼ全員人外かつメインヒロインは美少女の声でしゃべるどう見ても人間大ちんこ状触手（本体は体長十七メートルの甲殻生物系触手つき生体兵器）に萌え転がる」という新しい世界が開けます。ぜひ。

なんかグインと関係ない話ばっかりしてますが、まああんまりあとがきで中身に踏込むわけにはいかないのと、あと私のばあい電波の人が何送ってくるかファイル解凍するまでわかんないので先の見通しっぽいことが言えない事情もあります。ひどい事情だな。

ちゃんと先々の計画立てて書ける人がうらやましい限りではあるのですが、まあ自分はこういう書き方しかできないということでぼちぼちとやっていきます。よろしければ、今後ともよろしくおつきあいくださいませ。

さて、次は宵野ゆめさんのターンになります。

ついにケイロニア皇帝として立ったオクタヴィアですが、いまだ偉大な父の影に覆われている彼女の前には、これからどんな波乱が待ち受けていることでしょう。

やっぱりあっちでもこっちでも大変なことがつづくようですが、ぜひお楽しみくださ
い。

そして今回も担当阿部様、監修の皆様方、ご迷惑をおかけいたしました……次回

こそはもうちょっと迅速に原稿を仕上げたいと思いますのでよろしくお願いいたします
って毎回言ってるなこれ。いや本当にがんばります。本当です本当です嘘じゃないです
本当です。

それでは今回はこのへんで。
次はまた、風雲荒れ狂うヤガにてお目にかかります。
よろしくお願いいたします。

GUIN SAGA

豪華アート・ブック

天野喜孝グイン・サーガ画集

（A4判変型ソフトカバー）

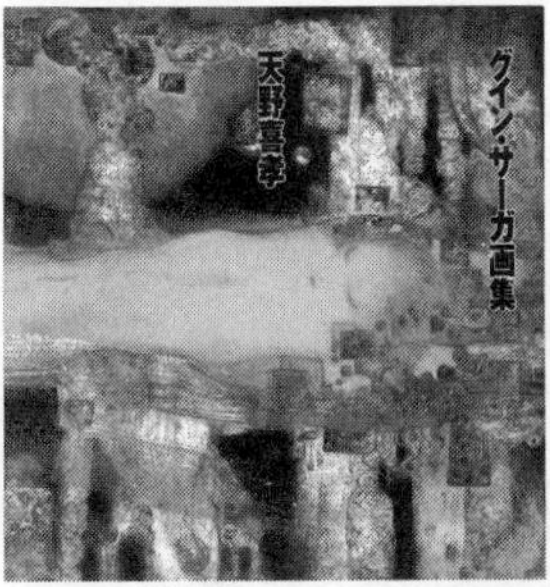

幻想の旗手が描く
大河ロマンの世界

現代日本を代表する幻想画の旗手・天野喜孝が、十年間に渡って描き続けた〈グイン・サーガ〉の世界を集大成。未曾有の物語世界が華麗なカラー・イラストレーションで甦る。文庫カバー・口絵から未収録作品までカラー百点を収録。栗本薫の特別エッセイを併録。

早川書房

著者略歴　1970年生まれ，作家
著書『アバタールチューナーⅠ〜Ⅴ』『〈骨牌使い〉の鏡』『魔聖の迷宮』『紅の凶星』（以上早川書房刊）『はじまりの骨の物語』『ゴールドベルク変奏曲』など。

HM=Hayakawa Mystery
SF=Science Fiction
JA=Japanese Author
NV=Novel
NF=Nonfiction
FT=Fantasy

グイン・サーガ⑬⑦

廃都《はいと》の女王《じょおう》

〈JA1206〉

二〇一五年十月十日　印刷
二〇一五年十月十五日　発行
（定価はカバーに表示してあります）

著者　五《ご》代《だい》ゆう
監修者　天狼《てんろう》プロダクション
発行者　早川浩
発行所　株式会社　早川書房

郵便番号　一〇一 - 〇〇四六
東京都千代田区神田多町二ノ二
電話　〇三 - 三二五二 - 三一一一（大代表）
振替　〇〇一六〇 - 三 - 四七七九九
http://www.hayakawa-online.co.jp

乱丁・落丁本は小社制作部宛お送り下さい。
送料小社負担にてお取りかえいたします。

印刷・株式会社亨有堂印刷所　製本・大口製本印刷株式会社

Printed and bound in Japan
ISBN978-4-15-031206-0 C0193